KB116509

계절을 팔고 있습니다

계절을 팔고 있습니다

지은이 전성배
펴낸이 임상진
펴낸곳 (주)넥서스

초판 1쇄 발행 2021년 2월 10일
초판 2쇄 발행 2021년 2월 15일

출판신고 1992년 4월 3일 제311-2002-2호
10880 경기도 파주시 지목로 5 (신촌동)
Tel (02)330-5500 Fax (02)330-5555

ISBN 979-11-91209-76-1 03810

가격은 뒤표지에 있습니다.
잘못 만들어진 책은 구입처에서 바꾸어 드립니다.

www.nexusbook.com

°계절을 팔고 있습니다

농산물 MD의
우리 작물 이야기

전성배 지음

Qrious

스물셋.

운명이 우연히 시작되었습니다.

그리하여 나는

계절을 팔고 있습니다.

제철의 맛을

농부의 마음을

사철의 아름다움을

당신에게

전하고 싶습니다.

차례

가을

겨울

°작가의 말

지금도 우연이라고 생각한다. 귀금속 공예를 전공한 내가 전역 후 시장의 한 과일가게로 들어갔던 것, 과일을 팔아 생계를 이어가게 된 것, 농부들을 만나 그들의 이야기를 글로 쓰게 된 것까지. 우연이기 때문에 벗어날 수 있었지만, 농산물에 관한 이야기를 쓰면서 각각의 작물이 가진 사연이 우리의 삶과 크게 다르지 않다는 것을 깨닫고 이 일을 운명으로 받아들인 것 같다.

생각해보면 나는 사랑을 할 때도 그랬다. 첫눈에 반하는 일은 드물었다. 우연 혹은 약간의 호감으로 시작된 연애가 점차 운명과 같은 깊은 사랑이 되었다. 나의 그러한 천성 덕분에 발전할 수 있었다고 믿는다.

농산물을 팔고, 공부하는 일 또한 나를 성장시켰다. 쑥은 특별함과 익숙함이 사실은 같다는 것을, 패션프루트는 때때로 포용이 필요하다는 것을, 곶감은 삶의 풍파를 견뎌야 하는 이유를 알게 했다. 각각의 계절마다 나는 다양한 작물들을 통해 인생을 배웠다.

제목에서 짐작할 수 있듯, 이 책에는 각 계절에 나는 제철 작물들로부터 내가 느끼고 배운 것을 담았다. 농업의 발전으로 제철 과일이 사철 과일이 된 지 오래지만, 최대한 계절에 맞게 농산물을 분류했다. 목차대로 농산물이 출하되는 것은 아니니 넓게 열어두고 읽어주시길 바란다.

또 각각의 작물을 통해 얻을 수 있는 메시지와 현장에 있기에 알 수 있는 정보들도 넣었지만, 사견이 들어가 있으니 실무적 지식을 기대하고 실망하시지 않았으면 한다.

그저 이 책은 작은 생명에서 큰 이치를 배운, 한 농산물 MD의 소소한 이야기다. 씨앗이 자라 마침내 열매가 되듯, 이 책이 여러분의 마음에 작은 씨앗이 되었으면 좋겠다.

마지막으로 홀씨처럼 흩날리던 내 글을 책으로 엮어준 편집자님께 감사의 말씀을 전한다. 또 나의 첫 번째 독자인 연인에게도 깊은 감사와 애정의 마음을 보낸다. 일평생 자식을 위해 살아온 나의 부모님께 이 책을 바치고 싶다.

봄

고난이 낳은 산물

대저 토마토

가족을 위해, 생계를 위해 그들이 흘린 피와 땀이 불가능해 보였던 땅을 농업의 중심지로 바꿔놓았다. 그들의 정신이 어디에서도 맛볼 수 없는 토마토를 만들어냈다. 나는 소망한다. 현재의 고난과 시련에 우리가 맞서는 것이 허사가 되지 않기를. 대저 토마토와 같은 결실을 보기를.

스물네 살 봄으로 기억한다. 나는 가게 오픈을 위해 이른 아침 집을 나섰다. 새벽의 시장은 멀리서 보면 텅 비어 보이지만, 안을 들여다보면 점포 안에서 상인들이 장사 준비로 여념이 없다. 나도 설레는 마음으로 아침 일과를 시작했다.

매대를 덮어둔 천막을 걷고 매대의 위치를 조정했다. 가로로 긴 형태의 매대는 그날그날 들어오는 품목에 따라 풍경을 달리한다. 바나나, 키위, 사과, 배 등은 사시사철 출하되고 있어 고정석이 따로 있지만, 그 외 품목은 수시로 위치가 바뀐다.

봄에 막 접어드는 때에는 특히 품목의 변동이 잦아, 오픈 전에 항상 사장님께 전화를 드려야 했다.

"사장님, 오늘은 신규 품목이 있을까요?"

"안 그래도 새로운 과일을 가지고 가는 길이야."

사장님은 '새로운 과일'의 정체를 전화로는 알려주시지 않았다. 작은 설렘이 일었다.

얼마 후 사장님의 트럭이 도착했다. 강서 농산물 도매 시장에서 사입한 과일을 2.5톤 트럭에 가득 싣고 온 것이다. 사장님은 오늘의 사입 품목과 가격이 적혀 있는 영수증을 건네주었다. 꽃샘추위가 가신 지 얼마 되지 않은 3월. 과일을 배운지 채 일 년이 안 된 나로서는 무슨 과일이 나올지 예상하지 못했다.

차에 실린 물건을 확인하기 전 영수증에 적힌 품목들을 훑어 내렸다. 그리고 '짭짤이'라는 이름을 발견했다. 이름만으로는 도통 무슨 과일인지 알 수 없었던 짭짤이의 정체는 바로 '대저 토마토'였다. 지금은 대중적으로 알려진 이름이지만, 당시에는 무슨 과일의 이름을 짭짤이로 지었나, 하면서 의아했다.

대저 토마토는 시설 재배를 통해 사시사철 만날 수 있는 일반 토마토와는 달리, 2월 말부터 시작해 4월 말까지 약 두 달 동안만 즐길 수 있다. 이 때문에 대저 토마토는 '봄의 전령'이라고 불리기도 한다.

또 빨갛게 익었을 때 먹을 수 있는 일반 토마토와는 다르게 표면에 초록색이 서려 있는 상태일 때 제대로 된 맛을 느낄 수 있다. 물론 일반 토마토처럼 빨갛게 익었을 때 먹어도 무방하다. 다만 많이 익을수록 토마토 특유의 단맛이 강해져 대저가 가진 짭짤한 맛은 중화되고 만다. 대저 토마토의 짭짤함을 온전히 즐기기 위해서는 온전한 초록색을 띌 때 먹는 것이 좋다.

그렇다면 대저 토마토가 가진 짭짤한 맛의 정체는 무엇일까? 많은 사람들이 품종이 다른 데에 그 이유가 있다고 생각하지만, 사실 비밀은 '땅'에 있다.

부산광역시 강서구 대저동. 이곳은 대저 토마토의 유일무이한 산지다. 대저동은 낙동강 하류의 삼각주 평야에 있다. 서낙동강과 동낙동강 사이의 퇴적 평야 지대가 바로 대저의 자리인데, 그곳은 토양 내 염분과 미네랄 등 유기물 함량이 높다. 그러니 이 땅에서 나는 토마토의 맛은 예사로울 수 없다. 이렇게 이곳의 양분을 먹고 자란 대저 토마토는 유일무이한 짭짤한 맛을 품게 되었다. 더불어 생장 시기가 겨울철과 겹쳐 대체로 크기가 작게 성장하는데 이 점이 짭짤함을 농축시키고 과육을 단단하게 한다. 작은 대저 토마토가 더 비싸게 거래되는 이유가 여기에 있다.

이만하면 대저동은 축복의 땅처럼 느껴지겠지만, 대저 토마토를 만들어 농업을 지속하기까지 대저동은 많은 시련을 겪었다.

강으로 둘러싸인 지리적 특성 때문에 이곳은 비가 많이 내릴 때면 홍수가 나서 농지가 자주 물에 잠겼다. 농업이 생업이었던 선조들에게는 농지가 잠기는 것은 절망적인 일이었다. 그러나 그들은 포기하지 않았다. 농토를 수복하고 확장하며 물 피해를 줄이기 위해 끊임없이 싸웠다. 그것이 현재에 이르러 대저 토마토를 비롯해 소금과 김, 배추 등 수많은 명물을 낳는 비옥한 땅으로 변모할 수 있는 기반이 되었다. 특히 대저 토마토는 단점이었던 지리적 특성이 장점으로 작용한 결정적인 작물이다.

이러한 사실은 나에게 위안이 된다. 지금의 대저를 만들기 위해 열악한 땅에서 고군분투한 선조들의 마음이 고스란히 느껴지기 때문이다. 가족을 위해, 생계를 위해 그들이 흘린 피와 땀이 불가능해 보였던 땅을 농업의 중심지로 바꿔놓았다. 그들의 정신이 어디에서도 맛볼 수 없는 토마토를 만들어냈다.

나는 소망한다. 현재의 고난과 시련에 우리가 맞서는 것이 허사가 되지 않기를. 대저 토마토와 같은 결실을 보기를.

겨울이 품은 봄

설향 딸기

설향이 나오는 때가 되면 그 모녀가 떠오른다. 봄의 온기를 갖고 태어나지만 겨울을 살다가는 설향. 그것을 다정하게 나눠 먹는 모녀의 모습이 자연히 상상된다. 추운 겨울 서로를 배려하는 그 말들 속에 어떤 사연이 있는지 모르지만, 그때 나는 그들에게서 봄을 품은 겨울을 보았다.

수많은 사람의 목소리가 뒤섞여 조용할 날 없는 시장에도 적막한 순간은 있다. 한겨울의 시장이 그러하다. 추위에 얼어붙은 사람들의 보폭은 좁고 걸음은 급하다. 상인들은 지나가는 사람들을 바라보며 별 수 없이 마감 시간을 기다릴 뿐이다.

상황이 이러하니 추위와 눈발을 뚫고 찾아오는 손님은 특별한 기억으로 남기도 한다. 그들이 무엇을 샀는지, 어떤 표정과 목소리를 가졌는지, 돌아가는 뒷모습은 어떠했는지도 기억에 남는다. 돌이켜 보니 나에게도 그런 손님이 있다.

한파가 찾아온 어느 날 밤이었다. 일찌감치 발길이 끊긴 시장에서 마감 시간을 손꼽아 기다리고 있었다. 마감까지 30분 정도 남은 때였다. 서서히 긴장이 풀리고 빨리 집으로 돌아가고 싶은 생각으로 머릿속이 요동칠 때, 한 아이와 엄마가 가게를 찾았다.

"딸기 한 상자만 주세요."

아이 엄마는 500g, 750g짜리 대신, 1kg짜리 딸기를 가리켰다. 한겨울의 딸기였던 만큼 비쌌지만, 그녀는 주저하지 않았다.

"가서 바로 닦아줄 테니까, 우리 딸 많이 먹어."

딸기를 좋아하는 아이를 위한 엄마의 통 큰 선택이었다. 그러나 유치원생 정도밖에 안 되는 아이의 입에서 나온 대답은 조심스럽고 성숙했다.

"안 사주셔도 되는데…."

나는 딸기를 봉투에 담아 아이 엄마에게 건넸다. 그들이 구매한 딸기는 '눈의 향기'라고 불리는 '설향(雪香)'이었다.

설향은 현재 우리나라 딸기 시장에서 압도적인 점유율을 자랑한다. 겨울부터 시작해 딸기의 진정한 철인 이듬해 봄까지 그 인기를 이어간다.

하지만 아이러니하게도 설향은 봄보다 겨울에 더 많은 사랑을 받는다. 소위 '오픈빨'을 받는 것이다. 그래서 상대적으로 봄 무렵에는 사람들의 흥미가 다소 떨어진다. 이 부분에서 딸기는 그대로인데 사람의 관심이 식는다고 생각할 수도 있지만, 이유는 설향이 가진 그 특성에도 있다.

설향은 봄으로 넘어갈수록 맛과 신선도에 변화가 생긴다. 설향은 경도가 낮아 기온이 올라가면 과육이 쉽게 무른다. 오프라인 장사를 하던 때, 봄에 사입해 온 딸기가 반나절 만에 물러지는 일은 다반사였다. 아침에는 뚜껑을 뚫고 나올 것처럼 충만했던 딸기의 양이 오후에는 흔들면 달그락 소리를 낼 정도로 빈다. 두 단으로 포장된 딸기의 밑단이 주변 열기와 윗단의 무게에 눌려 일어나는 현상이었다. 이러한 사정을 모르는 소비자는 종종 신선도와 정량을 의심하기도 했다.

또한 고온으로 갈수록 산미가 증가한다는 점도 겨울철에 인기가 편중되는 데 영향을 준다. 그러나 이런 저런 이유에 앞서 겨울 딸기가 인기 있는 원인은 온기에 약한 설향이 국내 딸기 시장에서 압도적인 점유율을 갖고 있기 때문일 것이다.

우리나라에 딸기가 도입된 것은 1900년대 초 일본을 통해서라고 알려져 있다. 그 때문인지 비교적 최근까지도 딸기 시장에는 '장희', '육보' 등의 일본 품종이 주를 이루었다. 당연히 그에 따른 로열티 지출이 막대했고, 농업계는 자급률을 높이기 위해 국내산 딸기 개발에 열을 올렸다. '조생홍심', '수홍', '초동', '설홍', '미홍' 등이 초창기 국내산 품종이다. 하지만 특별하게 두각을 드러내는 품종은 없었다.

긴 고행의 시간을 거쳐 2000년대 중반 드디어 '설향'이 등장했다. 경도는 비교적 떨어지지만, 농사를 짓기 수월한 딸기였다. 설향은 병충해에 강하면서 생육도 활발해 수확량이 좋았다. 즉 접근성과 소득성 둘 다 뛰어났던 것이다. 이러한 막강한 장점을 무기로 설향은 단기간에 딸기 시장에 격변을 일으켰다.

물론 설향의 등장 직전까지 선방했던 품종도 존재한다. 2000년대 초반에 등장한 '매향(梅香)'이 그중 하나다. 하지만 매향은 재배 난이도가 높고 기존에 유통되던 장희보다 생육이 늦어, 설향처럼 대중화되기 어려웠다. 다행히 품질과 경도가 우수한 덕에 매향은 수

출로 방향을 틀어 활발히 생산되고 있다.

이후 과실의 크기가 큰 '금향'과 일본의 육보만큼 경도와 당도가 뛰어난 '죽향', 최근에는 평균 무게가 30g 이상인 '킹스베리' 등도 등장했다. 특히 죽향은 기온이 따뜻해지는 시기에 출하되어 경도가 낮은 설향을 대신해 딸기의 인기를 이어가고 있다.

설향은 이름처럼 겨울에 먹는 것이 더 풍미가 좋다. 앞서 말한 설향의 약점 탓에 봄에는 맛도 식감도 겨울보다 떨어지기 때문이다. 하지만 봄에는 가격이 저렴해진다는 장점이 있으니 쉽게 물러지는 단점은 아침 일찍 오프라인에서 구매하는 것으로 보완할 수 있다.

매년 겨울, 설향이 나오는 때가 되면 그 모녀가 떠오른다. 봄의 온기를 갖고 태어나지만 겨울을 살다가는 설향. 그것을 다정하게 나눠 먹는 모녀의 모습이 자연히 상상된다. 추운 겨울 서로를 배려하는 그 말들 속에 어떤 사연이 있는지 모르지만, 그때 나는 그들에게서 봄을 품은 겨울을 보았다.

흔하고도 귀한 것

산채

사람들은 의학과 양약으로 질병을 치료하지만, 결국 자연식품으로 몸을 관리해야 한다는 것을 깨달았다. 발전이 가져온 것이 과거 먹거리로의 회귀라니. 아이러니한 일이다.

빈부 격차가 심한 요즘과는 달리 모두가 굶주림으로 힘겨웠던 시절이 있었다. 가을에 수확한 식량이 떨어지고 보리조차 여물지 않은 봄에는 특히 더 배를 곯아야 했다. 이런 때에 산채(山菜)는 사람들에게 한줄기 희망이 되어주었다.

산채는 말 그대로 산과 들에서 얻을 수 있는 나물을 말한다. 오늘날에는 주로 봄에 채취하는 산나물을 뜻하는 말로 쓰임새가 기울어 산채가 곧 봄나물이라는 인식이 짙다. 곰취, 냉이, 쑥, 돌나물, 더덕, 참나물, 두릅, 머위, 달래, 참취 등 종류도 다양하다. 제대로 열거한다면 식용 가능한 산채만 해도 수백 종에 달한다.

산채는 그 수만큼 요리법도 다양하다. 대체로 장

(醬)을 이용한 요리법이 주를 이룬다. 보릿고개 시절에 만들어진 요리법이 지금까지 이어져 내려온 것이 아닐까 생각된다. 산채가 지닌 쓴맛을 잡아주면서도 간단하게 요리할 수 있는 방법이었을 것이다.

여러 산채 가운데 봄에 대중에게 널리 사랑 받는 쑥 이야기를 해보자. 쑥은 약용과 식용으로 널리 쓰이는 구황식물 중 하나다. 예로부터 생명력과 다산의 상징으로 여겨졌으며 일찍이 그 효능을 인정받아 약재로도 두루 사용되고 있다. 또한 쑥국, 쑥떡, 쑥 칼국수, 쑥부침개 등 음식으로도 다양하게 쓰인다. 이는 쑥만이 아니라 수많은 봄나물의 공통된 장점이다. 그러나 이처럼 뛰어난 효능과 높은 활용도에도 불구하고 먹거리가 다양해지고 양약이 대중화되던 경제 발전기에는 산채 채취량이 크게 감소하기도 했다.

하지만 최근에 다시금 산채의 인기가 상승하고 있다. 이는 현대인들이 과거와는 달리 풍요로 인한 질병을 많이 앓게 된 탓이다. 각종 전염병과 아토피, 당뇨, 암 등이 대표적이다. 사람들은 의학과 양약으로 질병을 치료하지만, 결국 자연식품으로 몸을 관리해야 한다는 것을 깨달았다. 발전이 가져온 것이 과거 먹거리로의 회귀라니. 아이러니한 일이다.

그럼 산채는 어떻게 구해야 할까? 많은 사람이 갈라진 시멘트의 틈에서 자라는 쑥이나 냉이꽃 등을 보고 산채가 적응력과 생명력이 강하다고 생각하지만 실은 정반대다. 산채는 환경 적응력이 약해 자생지와 비슷한 여건이 아니면 잘 자라지 않는다. 그래서 오래전부터 이곳저곳을 찾아다니며 채취를 해야 했다. 최근 산채를 재배하는 농가가 늘었지만, 이 또한 본래 자생지와 최대한 비슷한 여건을 조성했기에 가능하다.

환경에 잘 적응하고 변화하는 작물들은 그 외형과 성질도 잘 변하는데, 산채는 그렇지 않아 재배는 어려워도 여전히 우리에게 과거와 동일한 효능을 제공한다. 산채의 약점이 오히려 장점이 된 셈이다.

흔히 볼 수 있지만 쉽게 얻을 수 없는 산채. 익숙함에 속아 소중함을 잃지 말자는 말은 산채에도 적용할 수 있을 것 같다.

노수(老手)의 품격

황매

자고로 과실은 익음으로써 그 맛과 향이 진해진다. 젊은이가 가진 생기와 호기로움도 멋지지만, 경험과 실력을 쌓은 노수(老手)의 품격을 따라잡지는 못하는 법이다. 청매가 노랗게 변하면서 향과 맛이 더욱 무르익는 황매는 그런 노수의 품격을 닮았다.

"올해는 매실이 어떠려나? 얼마나 담가야 하지?"

과일을 파는 아들을 둔 어머니는 3월이면 넌지시 이렇게 말씀하신다. 알아서 가져오라는 말씀이다.

매실은 매화가 피고 난 뒤 약 90일이 지난 5월 말에서 6월 초면 수확을 시작한다. 산지마다 시기가 조금씩 다르긴 하지만 매실로 유명한 순천과 광양은 6월 초면 통상 수확에 들어간다. 보통은 6월 말에서 7월 초에 수확되는 매실이 인기가 높다. 이 시기의 청매(青梅)가 씨알이 굵기 때문이다.

이후 본격적인 더위가 시작되면 열이 많은 매실은 빠른 속도로 익어간다. 청매를 선호하는 우리나라의 소비 특성상 매실이 익으면 구매력이 떨어져 유통업계는 날이 더워지기 전에 최대한 많은 매실을 팔고자 노력한다.

매실은 부르는 이름이 여러 가지인데, 우리는 주로 청매(靑梅), 황매(黃梅), 홍매(紅梅) 등 익은 정도로 구분하여 부른다. 청매가 가장 덜 익은 매실이고 황매와 홍매는 익은 매실이지만 의미에 다소 차이가 있다. 황매는 주로 청매가 수확된 뒤에 익은 것을 말하며, 홍매는 수확한 청매가 익은 것이 아니라 나무에서 익은 매실을 의미한다. 이외에도 크기에 따라 대·중·소를 붙여 부르기도 하고 신맛의 정도에 따라 산매(酸梅)와 감매(甘梅) 등으로 부르기도 한다.

하지만 이런 별칭과는 별개로 매실도 엄연히 품종명을 갖고 있다. 대표적으로 국내 육성종에는 '천매'가, 외래종에는 '백가하', '남고', '옥영' 등이 있다. 그럼에도 불구하고 익은 정도로 구분하는 것이 일반화된 이유는 앞서 말했듯 청매를 찾는 소비 특성에 있다.

"파랗게 잘 익은 것으로 보내주세요"

매실 철이면 이런 모순적인 요청을 심심치 않게 받

는다. 청매 자체가 덜 익은 것이지만 소비자들은 그렇게 생각하지 않는다. 이렇게 된 데에는 매체의 역할이 큰 것 같다.

또 매실 철이 되면 여러 블로그나 방송에서 매실을 이용한 다양한 레시피를 공개한다. 대부분의 레시피에서는 단단한 과육과 초록빛이 선명한 청매를 활용한다. 술과 청을 담그면 과실의 모양도 더 잘 유지되어 미관상 보기도 좋기 때문이다. 사정이 이렇다 보니 이제는 매실 하면 청매가 되어버렸다.

하지만 그로 인한 부담은 농가에 고스란히 돌아갔다. 매실 철에는 청매의 인기가 압도적으로 높으니, 농가 입장에서는 하루라도 빨리 출하를 시작해야 제값을 받을 수 있다. 시간을 지체하면 매실이 금세 익어버려 제값을 못 받기 때문이다.

또 안타까운 것은 청매에 소비가 쏠려 있어 황매와 홍매의 활용이 적다는 점이다. 사실 청매는 덜 익은 만큼 과즙이 적다. 그래서 과즙이 중요한 청이나 술, 엑기스보다는 식감이 중요한 장아찌에 사용하는 것이 알맞다. 청이나 술처럼 매실의 맛과 향이 고스란히 배어 나와야 하는 음식은 오히려 익은 황매와 홍매가 더 좋다. 향은 물론 과즙의 수율(收率) 면에서도 그렇다. 진정한 매실의 맛과 향은 익은 매실에 있다. 당연한 사실이지만 의외로 우리가 눈 감고 있던 사실이다.

망매지갈(望梅止渴). 그대로 풀면 매실을 보며 갈증을 해소한다는 뜻이며, 환상으로 이룰 수 없는 일에 대한 욕망을 충족한다는 의미를 담고 있다.

이 사자성어는 조조(曹操)가 여름에 병사들을 이끌고 남정(南征)할 때, 목이 말라 행군을 못 하게 된 병사들에게 조금만 더 가면 매실 숲이 있다고 말한 데에 그 유래가 있다. 병사들이 매실이라는 말을 듣고 입안에 침이 돌아 목을 축이게 된 것이다.

아마 그 더운 날 조조가 떠올린 매실은 황매나 홍매처럼 잘 익은 매실이었을 것이다. 익은 매실의 향미는 응당 그럴 힘이 있기 때문이다.

자고로 과실은 익음으로써 그 맛과 향이 진해진다. 젊은이가 가진 생기와 호기로움도 멋지지만, 경험과 실력을 쌓은 노수(老手)의 품격을 따라잡지는 못하는 법이다. 청매가 노랗게 변하면서 향과 맛이 더욱 무르익는 황매는 그런 노수의 품격을 닮았다. 매화가 품은 겨울의 잔향이 비로소 봄의 정기까지 품으며 진정한 매실이 되는 것이다. 그리하여 나는 올해도 어머니에게 황매를 전한다.

맛을 판다는 것

과일 장사에서 가장 중요한 덕목은 '물건을 보는 눈'이다. 수많은 농민의 작물이 모이는 도매 시장에서 상품을 골라내려면 자신만의 보는 눈이 있어야 한다. 그래야만 매장을 찾는 손님에게 일정한 맛과 품질의 상품을 제공할 수 있다. 산지 직송이라는 명목으로 농부와 직접 계약하여 판매하는 중개업자들 또한 마찬가지다.

그런데 이것이 말처럼 쉽지 않다. 같은 땅에서 같은 것을 먹고 같은 농부의 손에 자란 작물이라도 맛이 늘 같지 않기 때문이다. 아무리 눈으로 살피고 맛을 보고 산다 해도 극복할 수 없는 한계다. 농산물이 가진 결정적인 약점이라 할 수 있겠다. '생물'이기 때문에 어쩔 수 없는 부분이기도 하다. 그러나 이를 이해할 수 있는 건 농부와 판매자뿐이다. 상품을 구매하는 소비자가 이해할 의무는 없다. 소비자는 수많은 상품 중에서 자신이 선택한 것이 실망스럽지 않기를, 지불한 금액 이상의 만족을 바랄 뿐이다.

때때로 '맛이 없다'는 이유로 열을 내는 고객을 만나기도 한다. 포장 실수나 배송 시 부주의로 인한 파손은 사과하고 보상이나 교환 등의 조치를 하면 된다. 하지만 '맛'을 이유로 불만을 제기하는 일은 참으로 곤란하다. 그럴 때마다 나는 농산물 판매의 어려움을 다시금 상기한다.

앞에서 말했듯 농산물은 같은 땅에서 같은 농법으로 길러도 같은 맛을 장담할 수 없다. 특히 온라인에서 판매된 상품은 전국 각지로 흩어지기 때문에 고객이 오프라인처럼 구매한 것을 다시 가지고 올 수도 없다. 그 때문에 상품을 그 자리에서 맛을 보고 대응할 수도 없다. 그렇지만 소비자의 입장을 이해하지 못하는 것은 아니기에 나는 농산물을 팔며

매 순간 긴장을 놓지 않는다.

특정 상품을 판매하기 전에 항상 샘플을 입수해 맛과 품질, 포장 상태를 확인한다. 기준에 부합하지 않는다면 다음을 기약하고, 부합한다면 즉시 판매 계약을 맺는다. 계약이 체결된 후에도 정기적으로 샘플을 주문해 상품의 품질을 확인한다. 이러한 노력에도 불구하고 모든 소비자가 원하는 '맛'을 제공하는 것은 힘들다.

현대에 들어서는 여러 당도 측정 기술이 사용되면서 과거보다 '맛'에 대한 클레임이 줄어들었다. 하지만 당도 측정 과정의 대부분이 무작위 선별 방식이기에 여전히 모든 개체의 맛을 확신할 수는 없다. 만약 과일 하나하나를 일일이 측정한다면 가격 상승은 불가피할 것이다.

판매 초창기에 '맛이 없다'는 고객의 불만에 괴로워하던 나에게 한 선배가 이런 말을 했었다. 과일만 팔아서는 남지 않으니 가공식품으로 영역을 넓혀보라고. 솔깃했지만 이내 마음을 접었다. 처음에 설정한 목표 때문이었다. 내가 농산물을 팔기 시작한 것은 나뿐 아니라 농부를 위해서이기도 했다. 하나의 농산물을 전하기까지 이루 말할 수 없는 긴 시간을 견디는 농부의 삶. 애초에 내가 농산물을 팔기 시작한 이유가 작물을 기르는 사람과 그 삶을 전하는 데에 있었다.

농부는 예측할 수 없는 땅과 자연을 상대하는 직업이다. 따라서 노력과는 별개로 자연의 순리에 모든 걸 맡길 수 있는 마음이 필요하다. 풍작에도 흉작에도 마음을 잘 다스릴 수 있어야 한다.

나는 지금도 농부들을 만나 그들의 이야기를 듣는다. 그리고 여러 방법으로 고객에게 그들의 마음을 전한다. 앞으로도 계속해서 이렇게 살아갈 것이다. 그리하여 조금 더 많은 소비자들이 '맛'을 말하기 전에 한 번만 그것을 기른 농부의 심정을 헤아려준다면 더 바랄 것이 없다.

여름

여름의 문을 두드리다

수박

사람마다 수박을 두드리는 손의 모양은 다르지만, 수박을 두드리는 사람들은 모두 그 소리에 집중한다. 대부분의 사람들이 수박의 소리가 맛있는 수박의 기준이 된다고 믿기 때문이다.

계절이 바뀔 때마다 나는 문을 여는 기분이다. 특히 여름에 더 그렇다. 바로 수박 때문이다. 똑똑똑. 5월이 되면 사람들은 수박이라는 여름의 문을 두드리기 시작한다.

여름에는 오전 9시만 되어도 태양이 이미 정수리에 걸린 듯 환하고 무덥다. 이 시간이면 과일 가게들 앞에는 크고 작은 트럭이 적게는 수십, 많게는 백 개가 훌쩍 넘는 수박을 실은 채 서 있다.

대개 2인 1조를 이루어 작업을 시작한다. 한 사람은 화물칸에, 한 사람은 매장의 진열대 앞에 자리를 잡는다. 두 사람은 리드미컬하게 수박을 던지고 받고 진열한다. 진열대에 쌓여가는 수박들 앞에 사람들의 발길이 멈추기 시작하고 손님들은 수박을 두드리며 가격을 묻는다. 이것이 바로 수박 철 시장의 아침 풍경이다.

수박 철은 소매상들에게 육체적으로나 정신적으로나 힘든 시기다. 더위 속에서 10kg에 육박하는 수박을 수십 수백 통을 나르고 진열하다 보면 장사를 시작하기도 전에 진이 빠진다. 다행인지는 모르겠지만, 최근 소규모 가구의 증가로 5kg 이하의 중소과 수박이 인기를 끌고 있어 과거보다는 그 강도가 약해진 것 같다.

단순히 크기가 작아진 것을 넘어서 최근에는 애플수박, 망고 수박, 블랙위너 등 다양한 품종도 개발되어 소품종 대량 판매에서 다품종 소량 판매로 흐름이 바뀌었다. 그래도 여전히 수박에 노크를 하는 풍경에는 변함이 없다.

사람마다 수박을 두드리는 손의 모양은 다르지만, 수박을 두드리는 사람들 모두 그 소리에 집중한다. 대부분의 사람들이 수박의 소리가 맛있는 수박의 기준이 된다고 믿기 때문이다.

이는 반만 맞고 반은 틀리다. 소리에서 얻을 수 있는 정보는 수박의 익은 정도와 신선도뿐이기 때문이다. 같은 날 생산된 수박이라도 두드려보면 소리가 다르다. 익은 정도에 따라 둔탁하거나 맑은 소리가 난다.

또 시간이 지나 과숙된 수박은 물공을 두드리는 듯한 퍽퍽한 소리가 난다. 그러면 소리로 판단할 수 있는 거 아니냐고 물을 수 있다. 하지만 잘 익었다고 해서 당도를 보장하는 것은 아니기 때문에 소리가 절대적인 맛의 기준이 될 수는 없다. 품종이 가진 고유한 색이 선명하게 보이는지, 윤기가 나는지 등 복합적으로 살펴야 한다. 그러나 역시 '백견이 불여일식'이다. 먹어 보지 않는 이상 장담할 수 없다.

그렇다 보니 고객의 불만도 다양하다.

"달지 않았어요.", "덜 익었어요.", "껍질이 두꺼웠어요.", "박수박이었어요."

불만도 불만이지만 저번에 골라준 수박이 맛있었으니 똑같은 것으로 부탁한다는 난처한 주문도 있다. 만족하지 못해도 걱정, 만족해도 걱정인 것이 수박 판매의 늪이다.

맛을 보장하기도 어려운 데에다 다른 과일과는 달리 단일 수량으로 구매하는 경우가 많아 고객을 만족시키는 것이 더욱 힘들다. 이런 연유로 나는 온라인 판매로 전환하면서는 수박을 팔지 않게 되었다. 물론 한 가지 이유가 더 있다. 바로 배송 문제다.

수박은 박과에 속하는 과일로 참외와 멜론, 호박 등의 다른 박과 작물이 그러하듯 수확과 재배 과정에서 파손의 위험이 따른다. 과피가 두껍거나 탄성이 좋은 품종은 파손을 잘 견디기도 하지만 완전히 파손에서 자유로운 것은 아니다.

거기다 수박은 단일 수량으로 판매되는 상품이라 파손되는 경우 그 처리 과정이 다른 과일보다 몇 배는 더 어렵다. 하지만 요즘에는 수박의 모양을 그대로 딴 스티로폼 박스나 특수 완충재 등으로 다양하게 포장하여 파손 문제를 상당히 줄여 나가고 있다고 한다.

온라인 판매를 시작하면서 수박은 판매하지 않게 된 탓일까? 오프라인 장사를 하면서 수박을 팔던 때가 종종 그립다. 배달을 위해 오토바이에 큼지막한 수박을 대여섯 개 싣고 달렸던 평일 저녁의 풍경은 물론, 아차 하는 사이에 수박을 깨 먹었던 일, 수박을 고르는 고객을 살피고 응대하는 일 등 모든 것이 생생하다.

수박을 판매하던 때에 나는 종종 손님들에게 이런 말을 했다.

"사람도 속을 모르듯, 겉이 멀쩡한 것을 골라드려도 속은 알 수가 없어요. 그러니 이상이 있으면 꼭 말씀해 주세요."

대부분의 손님은 그 말에 웃으며 수박을 받아든다. 살다 보면 내가 알던 사람이 전혀 다른 사람처럼 보이는 경험을 해보았기 때문이 아닐까 싶다. 그 이치를 아는 눈빛. 그것을 보는 순간이 기쁘다.

모든 이치는 통한다. 농산물에도 사람에게도.

꽃만큼 향기로운 과일

참외

가게마다 서로 다른 방식으로 진열을 하니 매대마다 들이치는 물결의 모양새 역시 제각기 다르다. 하지만 참외를 들어 올려 냄새를 맡는 사람들의 모습은 한결같다. 모두 하나같이 꽃밭에서 향을 훔치는 벌처럼 참외에 코를 박는다. 오직 우리나라에서만 볼 수 있는 진풍경이다.

7월은 고온성 작물인 참외가 본격적으로 출하되는 시기다. 물론 시설 재배가 보편화된 이후로 참외의 '제철'이 무색해진 것은 사실이다. 제철이 아닌 때에 나온 참외는 제철보다 가격이 두 배 이상 비싸다. 여름이 오기 전까지 참외의 생육에 적당한 온도를 인공적으로 유지하려면 비용이 들기 때문이다. 그렇다 보니 맛도 좋고 가격도 저렴한 한여름 제철에 참외를 즐기는 사람들이 많은 것이다.

참외의 간질거리는 향과 달콤하고 시원한 과육은 뜨거운 열기에 괴로워하는 사람들의 등을 쓸어내린다. 여름 하면 생각나는 수박과 비교해도 수분감과 당도 면에서 결코 뒤지지 않는다. 여름철 더위에 지쳤을 때 입

맛을 돋우기에는 수박만 한 것이 없다고 하지만, 가볍게 하나씩 즐기기에는 역시 참외만 한 것이 없다. 재밌는 것은 여름을 대표하는 과일로 꼽히는 수박과 참외 모두 채소라는 사실이다. 수박과 참외, 멜론 등은 과채류 중에서도 박과에 속하는 작물이다. 특히 참외와 멜론은 형제 관계라 할 수 있는 기원을 가졌다.

참외와 멜론의 기원은 아프리카 대륙에 있다고 알려져 있다. 이후 동양으로 전파되어 우리나라에 정착된 것이 참외, 유럽으로 전파된 것이 멜론이라고 한다. 그래서 수년 전까지만 해도 우리나라 참외를 두고 외국에서는 '동양의 멜론(Oriental Melon)'이라 불렀다. 물론 지금은 옛날이야기다. 2016년 코덱스 국제식품규격위원회가 개최된 이후 우리나라의 참외가 '코리안 멜론(Korean Melon)'이라는 이름을 얻었기 때문이다. 마침내 우리나라 고유의 작물이 된 것이다.

보통 참외 하면 노란 참외를 떠올리지만, 이는 외래종이 보급된 이후에 생긴 인식이다. 1960년대 이전까지만 해도 강서참외, 골참외, 개구리참외, 줄참외,

백사과참외 등 재래종이 주를 이루었는데, 이들 재래종은 초록색, 흰색, 노란색 등 색이 다양했다. 그러다 1957년 경상북도 성주에 일본의 '은천참외'가 도입되면서 참외 시장은 큰 변화를 맞이한다. 재래종에 비해 높은 당도와 진한 황색을 자랑하던 은천참외는 성주의 땅에서 날개를 달았다.

이후 성주군은 은천참외를 개량한 '신은천참외'를 시작으로 현재는 '금싸라기 은천참외', '오복꿀참외' 등을 선보이며 전국 참외 생산량의 70% 이상을 책임지고 있다. 성주군은 여기서 그치지 않고 지금도 신품종 개발에 힘쓰고 있다. 일본에서 건너왔지만, 이제는 우리의 독보적인 과일이 된 참외. 바로 이러한 노력들이 만들어낸 성과다.

이렇듯 자부심을 가져도 좋을 우리 참외. 지금은 온라인과 오프라인에서 쉽게 구매할 수 있다. 하지만 두 구매처의 가장 큰 차이는 바로 시각, 촉각, 후각을 사용해 상품을 살펴볼 수 있느냐 없느냐에 있다.

온라인 마켓에서는 상세페이지를 통해 상품의 이미지만 확인할 수 있다. 따라서 실제로 소비자가 받는 상품과 이미지 사이에 차이가 생길 수 있다. '생물'이기 때문이다. 온라인 소비자는 싱싱하고 맛있는 것으로, 좋은 것으로 보내 달라고 주문을 하는 것 외에는 다른 방법이 없다. 개인적으로는 오프라인에서 참외를 고르는 소비자들의 모습을 좋아하는데, 이는 그 간극에서 발생한 약간의 스트레스 때문일지도 모르겠다.

대부분 참외를 고를 때는 후각을 사용한다. 충분한 수분감을 무기로 시원한 청량감과 단맛을 내는 참외의 실물을 탐색할 때, 소비자는 참외를 들어 올려 단단한 정도나 무게를 파악한 다음 밑동의 냄새를 맡는다.

보통 참외의 밑동에 코를 대었을 때, 참외 냄새가 진하면 맛있는 참외라고 생각한다. 맞는 말이다. 참외는 익을수록 당도가 올라가고 동시에 진한 향을 발한다. 대신 익은 만큼 과육의 아삭함을 즐기기는 어렵다. 그리고 밑동을 들어 올렸을 때 참외의 향이 진하다면 과숙되었을 가능성이 높다.

정리하자면 단맛보다는 아삭한 식감이 중요한 경우에는 색이 선명하고 단단한 것을 고르면 되고, 과육이 부드럽고 당도가 높은 참외를 원한다면 밑동의 냄새를 맡아 은은한 향내가 느껴지는 것을 선택하는 것이 좋다. 참고로 외피의 흰 줄이 탁한 참외는 과숙된 참외일 수 있으니 주의하자.

봄에서 여름으로 넘어가는 건널목의 시장은 노란 물결이 점층적으로 거세진다. 올라가는 기온과 함께 참외 가격이 내려가 과일 가게들이 참외 물량을 하루가 다르게 늘려가기 때문이다.

가격이 비싸 낱개로 포장해 판매하던 참외가 매대 위에서 벌크로 쏟아져 진열된다. 한 가게는 참외의 오와 열을 맞춰 반듯하게 진열하는가 하면, 또 다른 가게는 산을 쌓듯 양껏 참외를 쌓아 올린다. 마치 노란 꽃이 만개한 것만 같다.

가게마다 서로 다른 방식으로 진열을 하니 매대마다 들이치는 물결의 모양새 역시 제각기 다르다. 하지만 참외를 들어 올려 냄새를 맡는 사람들의 모습은 한결같다. 모두 하나같이 꽃밭에서 향을 훔치는 벌처럼 참외에 코를 박는다. 오직 우리나라에서만 볼 수 있는 진풍경이다.

경험해야만 알 수 있는 일

대석 자두

낮이 길어지기 시작하는 하지(夏至)를 지나면 대석 자두가 모습을 드러낸다. 붉고 앙증맞은 자두는 출하 초기에는 투명한 팩에 담겨 여름의 달콤함을 선전한다.

내 인생을 바꿔놓은 고마운 분이 있다. 바로 중3 때 담임선생님이다. 100kg이 넘던 내가 선생님께 잘 보이고 싶은 마음 하나로 반년 만에 40kg을 감량했다.

단순히 살을 빼게 만들어 주셨다는 것에 감사하는 것이 아니다. 그분 덕분에 나 스스로 내 삶을 주도하고 변화시키는 경험을 처음 해 보았기 때문에 그렇다.

지금도 종종 나는 그 시절을 떠올린다. 여전히 선생님의 얼굴, 목소리와 말투를 선명하게 기억한다. 그리고 함께 떠오르는 장면이 하나 있다.

언젠가 학우들과 함께 학교에서 만들어 먹을 음식을 정하는 날이었다. 그때는 금요일에 종종 그런 재밌는 행사를 했었다. 예닐곱 명이 조를 이루어 메뉴와 담당 식재료를 정했다. 우리 조는 흔하지만 간편한 비빔밥으로 결정했고, 나는 비빔밥에 넣을 통조림을 챙겨오기로 했다.

아침이 밝았고 재료를 작은 가방에 담아 학교로 갔다. 무게가 제법 되었기 때문에 그날 아침에는 아버지께서 차로 데려다주셨다.

설레는 마음으로 학교에 도착했고, 복도에서부터 맛있는 냄새가 진동을 했다. 얼른 오전 수업이 끝나기를, 친구들과 음식을 만들어 먹기를 바라는 아이들의 흥분된 목소리가 교실을 메웠다.

수업 시간을 어떻게 보냈는지 기억이 나지 않는다. 그저 점심시간 하나만을 기다리면서 들떠 있었던 기억뿐이다.

드디어 점심시간을 알리는 종소리가 울렸고 나와 친구들은 평소처럼 급식소로 달려가는 대신 재빨리 책상을 돌렸다.

각자 준비한 재료를 꺼내 요리에 들어갔다. 우리 조는 비빔밥이라 요리랄 것도 없었다. 교실 한쪽에서는 삼겹살을 구웠고, 또 한쪽에서는 떡볶이와 샌드위

치를 만들었다. 요리가 완성되기가 무섭게 우리는 음식을 정신없이 먹어 치웠다.

왁자지껄 분주했던 식사가 끝났다. 선생님은 뒷정리를 시작하기 전에 잠깐 아이들을 불러모았다. 그리고 큰 봉지 하나를 꺼내셨다. 그 안에는 물방울이 송골송골 맺힌 붉은 자두가 한가득 담겨 있었다.

"후식 먹자!"

선생님은 환하게 웃으며 말씀하시고는 조장들을 불러 자두를 나누어 주셨다.

지금과는 달리 신맛을 유난히 싫어했던 나는 먹기를 망설였다. 좋아하는 선생님이 주신 자두였음에도 불구하고 그저 손에 쥐고만 있었다.

"한 번 먹어 봐, 네가 생각하는 거랑 다를걸?"

선생님은 망설이는 나에게 다가와 한 번 더 자두를 먹어 보라고 권하셨다.

나는 그 목소리에 담긴 묘한 힘에 이끌려 자두를 입으로 가져가 한입 깨물었다. 얇은 껍질과 함께 노란색의 과육이 입속으로 들어왔다.

"어?"

나는 적잖이 놀랐다. 예상했던 신맛은 전혀 느껴지지 않았고 오히려 너무 달콤했다.

"대석이라는 자두야."

낮이 길어지기 시작하는 하지(夏至)를 지나면 대석 자두가 모습을 드러낸다. 붉고 앙증맞은 자두는 출하 초기에는 투명한 팩에 담겨 여름의 달콤함을 선전한다. 올해의 첫 자두를 본 고객들은 세 부류로 나뉜다. 구매하는 고객, 구매하지 않는 고객, 망설이는 고객.

과거의 경험 때문인지 나와 같은 이유로 자두를 보기만 하고 그냥 지나치는 이들을 보면 안타까운 마음이 든다. 맛있는 것을 나누고 싶은 마음이랄까! 자두 앞에서 서성이는 고객을 보면 나는 자신 있게 대석 자두를 권한다.

적당한 경도와 달콤한 과즙, 미약한 신맛을 지닌 껍질이 절묘하게 어우러진 대석을 싫어할 사람은 없을 거라는 믿음으로.

안타깝게도 대석은 대체로 3주면 철이 지나버리기

때문에 그 맛을 오래 즐길 수는 없다. 대석은 자두의 여러 품종 중에 빨리 무르는 편이기 때문이다. 날이 더워질수록 그 속도가 급격히 빨라져 끝물에는 출하 이후 하루 이틀만 지나도 외피가 더욱더 짙은 붉은색이 되면서 연시처럼 말랑해지고 만다. 적당한 경도와 상큼한 과즙이 어우러진 대석 본연의 맛이 사라지는 것이다. 자두 중에 유일하게 대석만 좋아하는 나로서는 아쉬운 일이다. 그래도 짧은 시간만이라도 여름을 물씬 느낄 수 있으니 그게 어딘가 싶기도 하다.

이렇게 된 것은 전부 선생님 덕분이다. 그 순간 경험해 보지 않았다면, 한입 가득 베어 물지 않았다면 몰랐을 대석의 새콤달콤한 맛. 덕분에 나는 여름의 맛을 조금 더 아는 어른이 되었다.

노지에서만 얻을 수 있는 맛

토마토

햇빛과 빗물은 작물을 더욱 건강하게 만들지만, 지나치면 오히려 작물을 죽인다. 마치 삶의 적당한 시련과 고뇌는 사람을 성장시키지만, 그 이상은 삶을 오히려 파괴하듯이.

몇 년 전 여름 〈리틀 포레스트〉라는 영화를 보았다. 동명의 일본 영화를 리메이크한 작품이었다. 원작과 마찬가지로 시골에서 사계절을 나는 청년의 일상을 보여준다. 여름과 가을, 봄과 겨울을 각각 묶어 두 편으로 제작한 원작과는 달리, 우리나라의 영화는 한 편에 사계절을 다 담고 있다는 점이 차이점이다. 그러다 보니 영화의 호흡이 조금 빨랐다. 그렇지만 한 편에 사계절의 음식을 알차게 채워 넣어 또 다른 재미가 있었다.

더운 여름날 나무 아래 평상에서 모녀가 토마토를 나눠 먹는 장면이 생각난다.

"먹고 남은 꼭지를 저렇게 던져두어도 내년이면 토마토가 열리더라. 신기해."

극 중 엄마가 딸에게 한 대사다. 영화를 볼 때 그 대사를 듣고 토마토에 관한 여러 생각이 빠르게 스쳤던 것이 떠오른다.

세계인이 사랑하는 토마토는 '일년감'이라고도 불린다. 연중 내내 수확되어 유통되기 때문이다. 노지 재배만 가능했던 과거에는 여름 작물이었지만, 시설 재배가 보편화되면서 사시사철 즐길 수 있게 되었다. 소비량도 계절을 타지 않고 일정하다. 과실 자체를 좋아해서 즐기는 사람들도 있지만, 다이어트 목적이나 요리를 위해서 토마토를 소비하는 사람들도 많아진 데 그 이유가 있다.

영화 속 엄마의 대사처럼 토마토는 던져두면 자란다고 말할 수 있을 만큼 쉽게 키울 수 있는 작물이다. 물론 모든 토마토가 재배가 쉬운 것은 아니다. 품종마다 혹은 유럽종이냐 동양종이냐에 따라서 차이가 있다. 잠깐 옆길로 새 유럽종과 동양종의 차이에 관해 이야기해 보자.

유럽종 토마토는 과형이 균일하고 과육이 단단하

면서 주황색에 가까운 붉은색을 띤다. 주로 요리에 활용된다. 동양종 토마토는 덜 익었을 때는 분홍색에 가까우며 익을수록 짙은 붉은색을 띤다. 유럽종에 비해 풍미와 당도가 좋아 주로 생식으로 소비된다. 차이점만 보면 동양종을 재배하는 게 낫다는 생각이 들지만 실제로는 유럽종을 재배하는 농가의 수가 앞선다. 동양종이 유럽종과 비교해 과육이 물러 유통에 제약이 많기 때문이다. 이처럼 상대적으로 재배가 쉽고 저장성이 좋은 유럽종에 대한 농가의 높은 선호도가 동양종 재배를 줄어들게 하고 있다.

방울토마토의 영향도 없지 않다. 과실이 큰 토마토보다 방울토마토가 당도가 높고 생식하기도 편하다. 거기다 동일한 영양소를 가졌으니 방울토마토가 우세를 보일 수밖에 없다.

상황이 이렇다 보니 영화 속 모녀가 나눠 먹던 노지에서 자란 달큰한 토마토의 맛은 곧 옛 맛이 될지도 모르겠다. 안타까운 일이다.

지금은 토마토가 전 세계적으로 사랑을 받지만 과거에는 멸시를 받은 적도 있다. 가지과에 속하는 맨드

레이크(Mandrake)라는 식물을 닮았다는 이유에서였다. 과거 맨드레이크는 마취와 환각 작용을 일으키는 성분이 들어있다는 점과 뿌리가 인체의 모양과 유사하다는 점 때문에 악마의 과일로 여겨졌다.

오래된 이 오해는 1820년에 미 육군 존슨 대령이 뉴저지의 한 재판소 앞에서 토마토를 시식하는 것으로 해소되었다. 거기다 미국의 제3대 대통령인 토마스 제퍼슨(Thomas Jefferson)이 백악관 만찬에서 토마토 음식을 선보이면서 토마토는 이미지 변신에 성공한다.

영화 〈리틀 포레스트〉에서 엄마가 딸에게 한 대사는 노지 토마토의 일생과도 연관 있어 보인다. 감독의 의도와는 무관한 나만의 해석일 수도 있다.

농부의 입장에서 토마토를 노지에서 생산한다는 건 모험에 가깝다. 자연은 예측불가하기 때문이다. 햇빛과 빗물은 작물을 더욱 건강하게 만들지만, 지나치면 오히려 작물을 죽인다. 마치 삶의 적당한 시련과 고뇌는 사람을 성장시키지만, 그 이상은 삶을 오히려 파괴하듯이.

나는 노지에 던져진 토마토가 거친 풍파 속에 던져진 인간의 삶과 같다는 생각이 든다. 영화에 나오지는 않았지만 어쩌면 엄마는 딸에게 토마토 꼭지 이야기에 이어 이렇게 말했을지도 모른다. 고난과 역경 속에 던져지는 것이 삶이라고. 하지만 결국 그것을 이겨내면 탐스러운 열매를 맺을 거라고.

영화는 엄마의 대사 다음에 썩은 토마토를 보여준다. 나는 마치 이 장면이 강건하게 자라길 희망하며 딸아이를 두고 떠난 엄마를 책망하는 것처럼 느껴졌다.

나는 시설 재배를 통해 토마토를 끌어안고 사는 농부의 삶을 이해한다. 충분히 성장할 때까지 자식을 품으려 하는 부모의 마음과 다르지 않다고 생각한다. 반대로 노지에서만 얻을 수 있는 맛을 위해 지금도 기꺼이 노지 생산을 고집하는 농부의 마음도 이해한다. 독립적이고 강인하게 삶을 개척하기를 원하는 또 다른 부모의 마음이지 싶다.

꼭지가 뭐라고

여름과 가을은 농산물의 전성기다. 헤아리기도 벅차게 많은 햇과일들이 등장하면 나의 일상은 정신없이 바빠진다. 몸은 힘들어도 다양한 작물을 소비자들에게 전해줄 생각에 기분은 최고다. 한 가지 고충이 있긴 하지만.

그것은 바로 '꼭지'의 문제다.

대부분의 과일은 꼭지를 달고 나오는데, 그러면 모든 과일의 꼭지가 문제냐고 물을 수 있겠다. 그렇지는 않다. 수박과 방울토마토의 경우에는 꼭지의 상태가 신선도의 척도가 되기 때문에 그렇다. 만약 수박과 방울토마토에 꼭지가 없다면? 도매 시장 경매가부터 타격을 받는다. 품질에 문제가 있다고 판단하여 매우 낮은 가격으로 책정된다.

추운 계절에 출하되는 방울토마토는 팩 포장이 일반적이다. 한 팩당 750g을 담아 네 팩을 한 박스로 포장하여 출하한다. 팩에 포장된 방울토마토는 움직임이 적어 꼭지가 탈락하는 경우가 적다. 당연히 이 시기에 판매되는 방울토마토의 가격은 비싸지만 비교적 안정적이다.

그러나 여름이 되면서 본격적인 방울토마토 철이 되면 팩보다 벌크 포장의 비율이 늘어나기 때문에 꼭지의 탈락률이 높아진다. 벌크는 4~5kg 용량의 박스에 방울토마토를 쏟아 중량을 맞춘 뒤 포장하는 방식을 말한다. 그렇다 보니 토마토끼리 서로 부딪치기 쉬워 꼭지의 탈락률이 높아지는 것이다. 상자에 꼭지가 떨어진 방울토마토가 많다면 소비자는 해당 상품이 싱싱하지 않다고 판단한다.

수박의 경우는 더 심하다. 외피가 단단해 꼭지 외에는

외적으로 신선도를 판단할 만한 것이 없기 때문이다. 그래서 운송 및 진열 과정에서 실수로 꼭지가 부러지는 경우 품질에 문제가 없음에도 불구하고 제값을 받지 못한다.

그나마 지금은 상황이 좀 나은 편이다. 불과 수년 전까지만 해도 꼭지의 T자 모양을 유지해야 했다. 수박 꼭지를 T자로 만들기 위해서는 수박 하나당 세 번의 가위질을 해야 한다. 또한 꼭지가 부러지지 않게 적재 수량도 조절해야 한다. 들어가는 노동력에 비해 출하하는 물량은 떨어지니 여러모로 농가에 부담이었다.

다행히 2016년에 I자형으로 규격이 바뀌면서 T자형 꼭지 수박은 추억으로 사라졌다. 꼭지를 아예 없애는 방향으로도 논의가 되었지만, 이를 악용하는 사례가 등장할 것을 고려하여 I형 출하로 결정되었다. 덕분에 신선도의 척도는 유지하면서 유통의 편의성은 높였으니 일석이조의 효과를 거둔 셈이다. 물론 수박 꼭지의 모양이 I자형으로 바뀌었다고 해도 여전히 꼭지가 부러질 위험은 있다. 또 출하를 위해 수박을 적재할 때 혹 꼭지가 눌릴 경우 그 부분이 급격히 말라 떨어져 나가기도 한다.

문제는 꼭지의 모양에 있지 않다. 꼭지만을 신선도의 기준으로 삼는다는 것이 가장 큰 문제다. 꼭지가 파릇파릇하다고 하여 잘 익은 수박이라 장담할 수 없는데도 말이다.

그러니 혹시 꼭지가 없는, 망가진 수박이나 방울토마토를 만났다면 외면하지 마시길 바란다. 윤기와 색깔, 냄새와 경도 등 과일을 고르는 많은 방법이 남아 있으니 말이다. 꼭지가 없다고 맛도 없는 것은 아니다.

향기가 데려다 주는 곳

멜론

달고 강렬한 향 외에 머스크멜론의 또 다른 매력은 과육이 여름의 녹음(綠陰)처럼 초록색이라는 점이다. 싱그럽고 달콤한 과육의 향미는 여름의 찌는 더위를 잊게 만든다.

어린 시절, 여름 방학이 되면 가족들과 함께 보은군의 외할머니 댁에 놀러 가곤 했다. 외할머니 댁 근처에는 버드나무가 늘어선 멋진 개울이 있었다.

초등학교 저학년이었던 나는 그 개울에서 물고기를 잡는 재미에 푹 빠졌다. 돌이켜보면 물고기가 물살을 따라 헤엄치는 것을 보는 것 자체를 즐겼던 것 같다. 아버지는 그런 아들의 천진한 모습이 귀여웠는지 물고기를 잡기 위해 들고 온 그물도 팽개치고 그저 아들의 뒤를 지키셨다.

물놀이에 정신을 파는 동안 시간이 정오에 가까워졌다. 여름의 볕은 점점 뜨거워졌다. 아버지는 아들이 더위라도 먹을까 걱정되었는지 나의 손을 잡고 버드나무 밑으로 이끌었다. 나는 버드나무 그늘 아래에 누웠다. 아버지는 아이스박스에서 아이스크림을 꺼내 나에게 건넸다.

"아빠가 가장 좋아하는 맛이야."

어린 나는 매미의 우렁찬 울음소리를 들으며 아이스크림을 입에 넣었다. 그때 나는 '멜론맛'이라는 것을 처음 맛보았다. 실제로 멜론이라는 과일을 먹게 된 것은 훨씬 뒤의 일이지만.

멜론은 외형에 따라 크게 두 계열로 나뉜다. '네트 멜론(Netted Melon)'과 '무(無)네트 멜론'이다. 무네트 멜론은 참외형 멜론이라고도 불린다.

네트 멜론은 대체로 원형이고 표면에는 그 이름처럼 그물 무늬가 선명하다. 우리가 멜론 하면 떠올리는 모습이기도 한데, 이는 우리나라에서 주로 재배하는 '머스크멜론(Musk Melon)'이 바로 네트 멜론 계열이기 때문이다. 네트 멜론은 우리나라에서 1970년대 초까지는 소면적으로 재배되는 것에 그쳤지만, 1970년 말 하우스 품종을 도입하면서 재배 면적이 꾸준히 증가했다. 그러다 1990년대 후반 멜론 재배 기술이 어느 정도 궤도에 오르자 멜론의 외관에 신경 쓰기 시작했다. 그때 그물 무늬가 굵고 선명한 품종이 나와 인기를 끌기 시작했고 멜론의 대표 이미지로 자리잡았다.

한편 무네트 멜론은 오렌지색, 흰색, 초록색 정도에 그치는 네트 멜론보다 과육의 색과 외형이 다양하다. 타원형에 내외부가 모두 흰색인 설향 멜론, 개구리 참외를 연상케 하는 초록색의 외형에 참외 같은 흰색 과육을 지닌 파파야 멜론도 무네트 멜론에 속한다.

앞에서 잠깐 언급한 머스크멜론 이야기도 해보자. 머스크(Musk)의 사전적 의미는 동물의 분비샘이나 다양한 씨앗에서 추출한 향이 강한 물질인 '사향(麝香)'을 뜻한다. 하지만 이 향 자체를 설명하는 것은 의미가 없다. 특별히 향이 강한 상품들에 붙는 상징적인 수식어이기 때문이다.

머스크라는 이름을 가진 화장품과 향수를 떠올려보자. 하나같이 특정 가능한 특별한 향을 가졌다는 것을 알 수 있다. 마찬가지로 머스크멜론도 네트 멜론 중에서도 특별히 더 강한 향을 가진 멜론에 상징적으로 붙여진 이름이다.

달고 강렬한 향 외에 머스크멜론의 또 다른 매력은 과육이 여름의 녹음(綠陰)처럼 초록색이라는 점이다. 싱그럽고 달콤한 과육의 향미는 여름의 찌는 더위를 잊게 만든다.

머스크멜론의 향과 맛을 온전히 즐기기 위해서는 고르는 방법도 알아둘 필요가 있다. 두드리는 것으로 익은 정도를 파악하는 수박과는 달리 멜론은 밑동을 엄지로 지그시 눌러 익은 정도를 확인한다. 덜 익은 상태라면 밑동은 물론이고 외피 자체가 단단하다. 이를 잘라 먹어 본다면 단맛은 덜하고, 외피와 가까운 과육일수록 수박의 하얀 부분처럼 풋내가 난다.

반대로 적당히 잘 익은 멜론은 밑동이 약간 말랑한 느낌이 나고 외피와 가까운 과육까지 단맛이 난다. 그러나 힘을 주기도 전에 전체적으로 말랑한 느낌이 난다면 과하게 익은 상태라고 볼 수 있다.

더운 여름에는 멜론이 쉽게 과숙될 수 있어 온라인

마켓에서는 사전에 명시하여 덜 익은 것을 보내고 집에서 후숙을 시킨 뒤 먹도록 안내하는 경우가 많다.

참고로 덜 익은 멜론을 받았는데 빨리 먹고 싶다면 상온에 하루 이틀 두면 된다. 물론 밑동을 엄지로 지그시 눌러 확인하는 것을 잊지 말자.

아직도 아버지는 멜론맛 아이스크림을 제일 좋아하신다. 다른 아이스크림을 사드려 보았지만 아버지의 '최애'는 바뀌지 않았다.

"맛보다는 향이 좋더라. 너도 처음 먹고는 향이 좋다고 하지 않았니. 나도 어릴 때 멜론 향에 반해서 그런지 이게 제일 맛있네."

과일 장사를 하면서 '향'의 중요성을 더 알게 된 탓인지, 나이가 든 탓인지 아버지의 말씀이 더 이해된다. 때로 향기는 지나간 어떤 순간을 떠올리게 한다. 내가 멜론을 먹으며 어린 시절에 뛰놀던 개울가를 생각하듯, 아마 아버지도 멜론의 달콤한 향과 함께 그리운 장면들을 추억하시는 것이리라.

죽음의 계절에 태어나다

복숭아

복숭아는 특히 호흡하는 열이 높으면 높을수록 과실의 온도가 급격히 상승해 신선도가 떨어진다. 그래서 사계절 중 가장 기온이 높은 여름은 복숭아의 제철인 동시에 아이러니하게도 죽음의 계절이다.

아마 대부분의 사람들에게는 추억이 깃든 향기가 하나쯤은 있을 것이다. 내게는 복숭아 향이 그렇다.

전역 후 이듬해 봄, 나는 담임 선생님의 소개로 고등학교 후배였던 친구와 연애를 시작했다. 갓 스무 살이 된 그녀는 나이보다 어른스러운 생각을 갖고 있었고 행동도 당찼다. 확고한 목표를 세우고 활발하게 살아가는 에너지가 보기 좋았다. 내가 과일 장사를 막 시작했을 무렵에 만났으니 지금의 삶을 살게 된 밑거름에는 그녀의 지분도 일부 있다.

우연인지 운명인지 그녀는 과일을 좋아했다. 특히, 복숭아를 참 좋아했다. 좋아한다던 여름보다 복숭아를 더 손꼽아 기다릴 정도로. 그 모습이 귀여워 여름이 되면 꼭 복숭아를 많이 먹게 해주리라 다짐을 했었다. 하지만 그녀가 손꼽아 기다리던 복숭아 철에는 어김없이 장마가 찾아왔다.

복숭아는 6월 말에 조생종을 시작으로 다양한 품종이 시장에 등장한다. 그리고 여름 동안 중생종과 만생종에 이르는 복숭아의 향연이 펼쳐진다. 복숭아는 크게 무모종 복숭아(천도 복숭아)와 유모종 복숭아(털 복숭아)로 나뉜다. 각각의 품종을 모두 열거한다면 그 수가 너무도 많아 여기서는 숙기별로 대표적인 품종 몇 개만 알아보기로 하자.

대표적으로 6월에는 조생종인 '이즈미백도', '미홍', '월봉조생'이 나오고, 7월 중순 이후에는 중생종인 '천홍', '마도카', '미백도'가, 8월 중순 이후에는 만생종인 '천중도 백도', '유명', '수미', '장호원 황도' 등이 등장한다.

이중 중생종의 재배가 가장 적다. 수확 시기가 장마철과 겹치기 때문이다. 장마철에는 복숭아가 기를 펴지 못한다. 당도는 떨어지고 부패 속도는 빨라진다.

복숭아는 충분한 햇빛을 받아야 과실 내 당도가 축적되는데, 장마철에는 일조량이 현저히 떨어져 제대로 맛이 들지 않는다.

또 비가 오면 과육의 미세한 상처 부위로 비가 침투하여 금방 물러지고 부패 속도도 빨라지기 때문에 주로 장마철과 겹치는 중생종 복숭아 판매 시기에는 늘 말이 끊이지 않는다. '앞으로 벌고 뒤로 밑진다'는 말은 이때 딱 들어맞는다.

장마철에는 산지 직거래와 도매 시장 상품을 다 뒤져도 좋은 품질의 복숭아를 찾기 어렵다. 그 때문에 판매자들도 골머리를 앓는다.

당도가 떨어지는 것은 문제도 아니다. 제일 큰 문제는 쉽게 썩는 탓에 의도적으로 질 나쁜 상품을 판매한 것이라 오해하는 소비자가 많이 생긴다는 점이다.

복숭아가 장마철에 취약한 이유는 온도와 습도에 민감하기 때문이다. 복숭아는 과육이 약해 수확하고 포장하는 과정에서 쉽게 생채기가 날 수밖에 없는데, 꼭 비가 침투하지 않더라도 온도와 습도가 높다면 그곳을 중심으로 빠르게 썩기 시작한다. 거기다 복숭아 하나에 문제가 생기면 박스 내의 다른 복숭아까지 순식간에 전념이 된다.

또 썩는 부분도 윗부분이 아닌 캡으로 싸여 보이지 않는 밑동부터라 소비자의 오해는 더욱 깊어진다.

"썩은 걸 보낸 것도 모자라 캡으로 가려놨네요?"

소비자의 속상한 마음을 알면서도 이런 말을 들으면 억장이 무너진다.

복숭아의 밑동에는 가지에서 떼어낸 자리, 꼭지가 있다. 그렇다는 건 수확할 때 밑동 부분이 가지에 긁힐 확률이 크다고 볼 수 있다. 아무리 조심히 수확해도 긁힐 수 있고, 아주 미세한 자국은 육안으로는 잡아내기 어렵다. 그런 부분이 복숭아를 보호하기 위해 씌운 캡 안에서 썩은 것이라고 고객에게 양해를 구하고 환불을 해 드려도 고객의 화는 쉽사리 가라앉지 않는다.

시기의 특수성을 알고 조그만 흠은 너그러이 이해해 주기를 바라는 것은 판매자의 욕심일 것이다. 그렇다 보니 결국 농가와 판매자 모두 장마철과 겹치는 중생종보다 만생종을 더 선호할 수밖에 없다.

꼭 장마철이 아니라도 복숭아는 원래가 좀 연약한 과일이다. 유모종 복숭아는 '유명'과 같은 일명 '딱딱이 복숭아'를 제외하고는 살이 무르기 때문에 수확 때 손에 조금이라도 힘이 들어가면 쉽게 눌린다. 열에도 약해 손이 닿은 부위는 쉽게 변색되다 보니 수확할 때 장갑 착용은 필수다. 시장에서 복숭아를 만지지 말아 달라고 소비자들에게 말하는 이유가 그 때문이다.

또 모든 과실은 호흡을 하는데, 그때 내부의 유기물이 분해되며 열이 발생한다. 복숭아는 특히 호흡하는 열이 높으면 높을수록 과실의 온도가 급격히 상승해 신선도가 떨어진다. 그래서 사계절 중 가장 기온이 높은 여름은 복숭아의 제철인 동시에 아이러니하게도 죽음의 계절이다.

이런 특징은 봄이 제철인데도 정작 봄의 따뜻한 기온에 쉽게 물러 버리는 딸기와도 닮았다. 따라서 복숭아는 수확한 뒤부터 운송까지 예냉(수확한 과실을 일정 기간 서늘하게 보관해 식히는 것)을 하는 것이 필수다.

이런 복숭아의 복잡한 사정 탓에 나는 장마철이 지난 8월이 되어서야 처음으로 그녀에게 복숭아를 선물할 수 있었다.

그때 건넨 복숭아는 은은한 향기와 발그스름한 모습을 가진 '천중도'였다. 나는 속살마저도 은은하게 붉은기가 도는 천중도 하나를 손수 깎아 그녀에게 건넸다. 그녀는 큼지막한 천중도 두 개를 그 자리에서 맛있게 먹었다. 그런 행복한 여름이 반복될 것이라 믿었지만, 안타깝게도 우리는 만난 지 2년 만에 헤어졌다.

지금 생각해 보면 어쩐지 우리의 사랑은 여름에 태어난 복숭아 같다. 우리에게서 피어났다가 우리에게서 소멸했으니, 그 사랑에게 우리는 죽음의 계절이었을지도 모르겠다.

복숭아 향기가 물씬 풍겨오는 계절이 되면 어김없이 그 시절 우리가, 이별한 순간이 떠오른다. 그때의 감정은 그녀에 대한 미련이나 그리움 같은 것이 아니다. 오히려 그 시절 철 없었던, 이미 어른이라고 착각했던 내 부족한 모습이 자꾸만 떠오른다. 사랑이 무엇인지도, 사랑을 어떻게 주어야 하는지도 몰랐던 이기적인 내 모습이 떠올라 괴롭다. 그때 나의 사랑은 썩은 복숭아 같았다. 질투라는 비와 불신이라는 더위에 찬연했던 사랑의 빛이 사라진 부패한 복숭아.

그러나 과거는 돌이킬 수 없으니 그저 희망할 뿐이다. 노련한 손길로 복숭아를 수확하는 농부처럼 다음 사랑에는 조금 더 어른스러울 수 있기를.

캠벨의 시대가 저물다

샤인머스캣

구세대가 신세대의 물살에 밀려나듯 100년이 넘도록 우리의 포도 시장을 이끈 캠벨 얼리의 역사도 조금씩 저무는 듯하다. 검은 포도만 올라오던 명절 식탁에 샤인머스캣이 올라오는 풍경이 이제는 낯설지 않으니 말이다.

2019년 추석 연휴 첫날. 장을 보기 위해 어머니와 집을 나섰다. 명절을 앞둔 시장의 풍경은 평소와는 완전히 다르다. 엄청난 인파가 좁은 시장 안을 빼곡히 채웠고, 사고파는 사람들의 목소리로 왁자지껄했다. 장사를 하던 나에게는 익숙한 풍경인 탓일까. 그런 모습들에 묘한 흥분과 즐거움이 느껴졌다.

어머니와 나는 시장의 맨 안쪽으로 향했다. 거기서부터 차근차근 장을 보면서 밖으로 나올 요량이었다. 자칫 까먹고 구매할 물건을 놓쳤다간 거센 인파의 물살을 거슬러야 하니, 사야 할 물건을 다시 체크했다. 건어물 가게, 정육점, 생선 가게를 차례로 들렀다. 시장의 입구에 다다랐을 때 마지막 구매 품목인 포도를 만났다. 매대에 싱그러운 포도가 세 송이씩 묶여 진열된 것이 보였다. 짙은 검은색의 잘 익은 캠벨(Campbell) 포도였다. 열정적으로 포도를 판매하는 청년의 모습을 보자 지난날 장사를 하던 나의 모습이 떠올랐다.

과거에 내가 일했던 과일 가게는 규모가 크고 그만큼 매출도 높았다. 명절에는 8~9명은 매장에 붙어 있어야 할 만큼 바빴다. 당시 나는 선물용 과일을 주로 판매하며 매대에 물건이 빠질 때마다 새로운 물건을 보충하는 업무를 담당했다. 특히 포도는 아르바이트생들이 진열할 수 없는 품목이라 내 담당이 되었다. 쉽게 망가지기도 하고 판매 전에 손이 많이 가는 탓이었다.

당시에 포도는 5kg 박스에 종이로 감싼 포도 10~12송이를 담아 출하하는 것이 보통이었다. 그래서 판매할 때에는 소비자가 품질을 확인할 수 있도록 판매자가 포도를 감싼 종이를 갈라 전면을 개방한다. 그뿐만 아니라 남은 종이는 뒤로 말아 올려 바구니 형태로 만들어야 했기에 일이 익숙하지 않은 아르바이트생에게 일을 맡길 수는 없었다. 하지만 지금은 모습이 많이 바뀌었다. 3kg짜리 소량 박스로 출하되는 비중이 높아져 과거처럼 판매자가 일사불란하게 포도를 뜯고 소분하여 진열하는 일도 줄어들었다.

어머니와 내가 포도를 고르는 사이, 옆에서는 엄마를 따라 온 아이가 칭얼거렸다.

"엄마, 나는 검은 포도보다 저기 있는 망고 포도가 더 좋은데…."

나는 아이가 가리키는 곳을 바라보았다. 알이 큰 청포도 같은 '샤인머스캣(Shine Muscat)'이었다. 풍부한 과즙과 특유의 향이 망고와 비슷하다고 하여 '망고 포도'라는 별칭으로도 불리는 신품종. 출시된 지 불과 몇 년밖에 되지 않았지만 주변을 둘러보니 제법 비중 있게 진열되어 있었다. 내가 오프라인을 떠나 온라인에서 캠벨 포도 대신 샤인머스캣을 팔던 사이, 오프라인에도 변화가 생긴 것이었다.

캠벨, 정확한 이름은 캠벨 얼리(Campbell Early)다. 포도라고 하면 익히 떠올리는 짙은 검은색의 포도가 바로 이것이다. 1892년 미국에서 캠벨이라는 사람이 무어 얼리(Moore Early)와 머스켓 함부르그(Muscat Hamburg)를 교배하여 만들어 낸 품종으로 1908년에 우리나라에 도입되었다.

어느덧 100년의 세월을 훌쩍 넘긴 캠벨의 역사는 우리나라의 포도 역사 그 자체다. 현재도 캠벨은 우리나라 포도 재배량의 대부분을 차지하고 있다. 하지만 우리나라 전체 포도 생산량을 보면 2000년대에 정점을 찍은 뒤 지속적으로 감소하는 추세다. 2000년대 초반에 한국과 칠레가 체결한 FTA(자유무역협정)에 의한 영향이 컸다.

FTA로 캠벨과는 달리 씨가 없고 껍질째 먹을 수 있는 '크림슨'과 '톰슨 시들러스'등이 들어오면서 캠벨의 소비가 눈에 띄게 줄어들었다. 거기다 이런 현상이 소품종 대량 생산이라는 기존 포도 시장의 문제점을 수면 위로 끌어올렸다. 캠벨의 인기 하락이 곧 포도 시장의 타격으로 돌아온 것이다.

다행인 것은 샤인머스캣이 등장하면서 시들했던 포도 시장에 새바람이 불고 있다는 점이다. 일본에서 개발되어 2006년 우리나라에 소개된 샤인머스캣은 2013년 경북 김천에서 본격적으로 출하된 이후, 현재는 상주, 경산, 영동 등에서도 활발히 재배되고 있다.

우려되는 것은 캠벨과 마찬가지로 품종 쏠림 현상이 일어날 수도 있다는 점이다. 너나없이 돈이 된다고 샤인머스캣 재배에 뛰어들게 되면 가격의 하락은 불가피하고 이는 또다시 캠벨의 전철을 밟게 될 것이다. 장기적인 관점에서 다양한 종을 개발하고 포도 시장 자체를 넓혀가는 것이 필요하다는 생각이다.

구세대가 신세대의 물살에 밀려나듯 100년이 넘도록 우리의 포도 시장을 이끈 캠벨 얼리의 역사도 조금씩 저무는 듯하다. 검은 포도만 올라오던 명절 식탁에 샤인머스캣이 올라오는 풍경이 이제는 낯설지 않으니 말이다.

엄마의 손을 잡은 아이는 망고 포도를 찾았지만, 엄마와 나는 결국 캠벨 포도를 샀다. 샤인머스캣의 맛을 잘 알지만, 캠벨의 맛도 머루의 맛도 거봉의 맛도 각각의 매력이 있다는 것을 잘 알고 있기 때문이다.

새로운 것을 받아들이는 마음

패션프루트

자줏빛의 외피 속에는 생각지도 못한 속살이 있었다. 마치 개구리알처럼 생긴 무수한 씨가 노란색의 반투명한 젤리 같은 막에 감싸인 채였다. 어떤 맛인지 상상조차 하기 힘들었다.

백 가지 향을 가진 과일, 백향과(百香果). 패션프루트(Passion Fruit)의 또 다른 이름이다. 패션프루트는 아열대 지방에서 흔히 볼 수 있는 과일로 처음 패션프루트를 알게 된 것은 몇 년 전, 평소 친분이 있던 소매상 사장님 덕분이었다.

여름 장마가 끝난 어느 날, 사장님의 가게를 찾은 날이었다. 사장님은 사입해 온 물건을 트럭에서 내리는 중이었다. 나는 사장님을 도와 짐을 함께 내린 후 근처 카페에서 사 온 시원한 커피를 건넸다. 우리는 함께 쉬면서 평소처럼 과일과 장사에 관한 여러 이야기를 나눴다. 그러다 사장님이 문득 무엇이 생각났는지 창고에서 팩 하나를 가져왔다. 커피에 대한 보답이니 맛을 보라고 했다. 팩에 담긴 건 짙은 자줏빛이 도는 달걀 모양의 과일이었다. 사장님은 나의 생소한 표정을 보고는 열대 과일인 패션프루트라고 말씀하셨다.

패션프루트에서 패션(passion)은 정열과 열정, 열광, 열중처럼 뜨거운 감정을 뜻하지만, 기독교에서는 '수난'이라는 뜻으로 해석한다. 여기서 수난은 예수가 십자가에 못 박힐 때 당했던 고난을 의미한다. '수난의 과일'이라는 이름이 생긴 계기는 1610년경으로 거슬러 올라간다.

당시 남미를 여행하던 선교사는 우연히 꽃 하나를 발견했다. 그는 꽃을 살피다가 3개의 암술이 'ㅜ'모양을 하고 있는 것을 보고 십자가에 못 박힌 그리스도를 떠올렸다. 또 5개의 꽃잎과 5개의 꽃받침은 예수의 가르침을 거스른 베드로(Petros)와 유다(Judas)를 제외한 10인의 제자에 비유했다. 이후 선교사가 해석한 꽃의 의미와 꽃 그리고 과수로 이용할 수 있는 종까지 세계 각지의 열대와 아열대 지역으로 펴져 나갔다.

당시에 나는 사장님이 말한 패션프루트라는 이름만 듣고 당연히 수입 과일일 거라고 생각했다. 하지만 놀랍게도 사장님은 국산이라고 말해 주었다.

패션프루트가 우리나라에 처음 도입된 건 1989년이다. 최초 도입된 때를 기준으로 어느덧 30년이 흘렀다. 모르는 것이 이상할 정도로 긴 세월이지만, 많이 알려지지 않은 데에는 나름의 사정이 있다.

제주에 처음 도입되었을 당시에는 생육이 만족스럽지 못했고 감귤과 비교해 경쟁력이 떨어져 정착에 실패했다. 2000년대 중반에 또다시 정착을 시도했지만, 또다시 실패했다. 2010년 무렵에야 신품종과 최신화된 재배기술 덕분에 상품화에 성공했다. 초창기에는 제주에 국한되어 소량 재배되었지만 현재는 전남, 경남, 경북, 충북 등에서 재배되고 있다. 패션프루트를 유치하기 위한 농업계의 기술 개발과 노력이 빛을 본 것이겠지만, 사실 기후 변화의 덕을 본 것도 있다. 해가 갈수록 급격히 상승하는 기온 덕에 패션프루트 재배에 적합한 환경이 조성된 것이다.

현재 우리나라는 기존에 있던 온대성 작물의 재배지가 줄어드는 만큼 용과, 올리브, 아보카도, 파파야, 바나나, 망고 등 열대 및 아열대성 작물의 재배 규모가 커지고 있다.

개인적으로 열대성 작물이 기존 작물을 밀어낼수록 묘한 기분을 느낀다. 어쩌면 변화보다는 안정을, 새로운 만남보다는 기존의 만남에 애착을 갖는 내 성격이 원인일지도 모른다.

당연히 사장님이 건넨 패션프루트를 보는 내 눈빛도 곱지는 않았다. 하지만 어쩌겠나. 주신 성의가 있으니 먹어 보기로 했다.

가게에 있던 과도로 패션프루트를 반으로 잘랐다. 자줏빛의 외피 속에는 생각지도 못한 속살이 있었다. 마치 개구리알처럼 생긴 무수한 씨가 노란색의 반투명한 젤리 같은 막에 감싸인 채였다. 어떤 맛인지 상상조차 하기 힘들었다. 일단 먹어 보는 수밖에. 나는 작은 스푼으로 씨를 한 숟갈 떠올려 입에 넣었다.

혀끝에 닿는 젤리 같은 과육과 씨가 씹히는 톡톡 튀는 식감, 강한 단맛과 신맛이 한데 어우러졌다. 그리고 설명할 수 없는 향이 느껴졌다.

"으! 엄청 신데요."

강한 신맛과 특정할 수 없는 향이 입안을 중심으로 퍼져나가는 것을 애써 참으며 뱉은 나의 첫 마디다.

사장님은 웃으며 그럴 줄 알았다는 어투로 그 맛에 먹는 과일이라는 말을 덧붙였다. 신맛을 싫어하는 나는 그 말을 이해할 수 없었다. 게다가 기본적으로 갖고 있던 열대 과일에 대한 시기까지 엉겨 붙으니 앞으로도 패션프루트와 나의 관계는 나아지지 않을 것 같았다.

"그래도 천천히 음미하다 보면 그 맛에도 나름의 향미가 있다는 걸 알게 될 거야. 얘는 백향과라는 이름도 있어. 백 가지 향이 난다는 뜻이지. 먹다 보면 익숙해질 거야."

현재 국내 패션프루트는 크게 황색종과 자색종, 교잡종으로 구분한다. 각각 과피의 색에 따라 붙여진 이름이며, 교잡종은 황색종과 자색종을 교배해 만든 품종이다.

보통 우리가 흔히 접하는 품종이 교잡종이며 자색종보다 조금 더 색이 밝다. 다만 평균적인 색이 그런 것일 뿐, 짙은 적색이나 흑색 같은 다양한 색으로 나타나기도 한다.

과육의 크기도 교잡종이 자색종보다 훨씬 크다. 맛도 단맛과 신맛이 모두 강해 상업적으로 가장 널리 퍼져 있다. 그러나 그 강한 맛과 모양 때문에 호불호가 갈려 대중에게 널리 퍼지지 않은 탓인지 여전히 패션프루트의 존재를 모르는 소비자도 많다. 그래도 최근에는 카페 등에서 패션프루트를 이용한 음료를 개발해 판매하고 있어 소비가 늘고 있다.

그날 나는 처음 패션프루트를 맛보고 돌아오는 길에 문득 이런 생각을 했다. 내 것에만 심취해 점점 고립되어가는 게 어쩌면 나를 망치는 길이 아닐까 하는.

지키는 것도 중요하지만 변화를 잘 받아들이는 것도 퇴보하지 않고 성장하는 방법일지도 모른다고, 실제로 우리나라의 환경이 변하고 있으니 무작정 기후 변화를 원망하며 새로운 걸 배척하는 것은 바보 같은 일일지도 모른다고 생각했다.

그날 이런 생각이 든 것은 아마도 입안에 남아 있던 그 백 가지 오묘한 향 때문이 아니었을까?

사라질지도 모를 풍경들

2019년에서 2020년으로 넘어갈 무렵, 뉴스에서는 1973년 이후 가장 따뜻한 겨울이라는 말을 반복했다. 그래서 작년 겨울 나의 옷차림은 여느 겨울보다 가벼웠고, 눈을 본 기억은 없다. 가장 좋아하는 계절이 겨울인데 제대로 겨울을 만끽하지 못한 셈이다.

이어서 찾아온 봄에도 이례적인 저온 현상이 있었고, 6월에는 한여름을 방불케 하는 폭염이 찾아왔다. 반면 본격적으로 더워야 할 7월부터는 두 달 가까이 장마가 이어졌고 시원하기까지 했다. 이때만큼 이상 기후를 경험한 적은 없었던 것 같다.

이는 심각한 문제임에도 불구하고 도시 사람들에게는 대체로 '남의 일'처럼 여겨지는 듯하다. 그러나 계절과 동행하는 농부에게 있어 올해는 아니 해가 갈수록 농부는 뼈저리게 체감한다.

지난 7월 경남 거창의 체리 자두 농사를 짓는 한 농부를 인터뷰한 적이 있다. 그분은 약 10년 전 정년퇴임을 하면서 거창으로 귀농했다.

농사에 뛰어든 계기부터 위기였던 순간과 농사를 지으면서 보람을 느꼈던 순간, 그동안 쌓아온 노하우와 철학까지 다양한 이야기를 듣고 노트에 적어 내려갔다. 막바지 질문에 접어들었을 때, 그가 과거에 사과를 재배하다 체리 자두로 작목 전환을 했다는 걸 알게 되었다. 농부도 돈을 벌어야 하는 직업이기에 당연히 소득이 더 나는 작물로 변경하였을 것이라 짐작했다. 그래도 짐작만으로 글을 쓸 수는 없으니 작목 전환의 이유를 물었다.

"거창 사과가 유명하다는 것은 아시지요?"

내가 고개를 끄덕이자 그가 말을 이었다.

"그럼 그게 점점 빛바래져 가는 이야기라는 사실도 아시나요? 지구 온난화로 인한 온도 상승에 사과의 생산성이 해가 갈수록 떨어지고 있기 때문입니다. 이는 제가 처음 작목 전환을 했던 2013년에도 거론되던 문제점이었죠. 기온 상승은 물론 종잡을 수 없는 이상 기후에 사과 농사는 해가 갈수록 어려워지고 있습니다."

소득의 문제만은 아니었던 것이다.

우리나라는 전 세계적으로 기온 상승이 가장 가파른 나라 중 하나다. 그 정도가 지난 100여 년 동안 지구의 지표면의 온도가 평균 1°미만으로 상승한 반면, 우리나라는 1.8° 상승했다. 이미 열대과일 일부가 남부 지방을 중심으로 재배되고 있고 그 종류도 점차 늘어가는 추세다.

아직은 시설 재배가 기본이지만 제주와 제주 근방의 내륙 지역을 중심으로 이미 바나나와 애플망고, 파파야, 용과 등의 열대 과일이 농부의 새로운 소득 작물로 주목받고 있다. 몇 해 전부터 인기를 끌고 있는 패션프루트의 경우 국내에서 생산하는 열대 과일 중 재배량 1위를 자랑한다. 이렇게 열대 과일이 강세를 보이는 사이, 우리나라 작물은 점점 밀려나고 있다.

제주의 전유물이었던 감귤은 전남과 경남으로, 멜론은 곡성에서 강원도로, 무화과는 전남에서 충북까지 북상했다. 우리나라의 재배 한계선이 기온 상승과 함께 남에서 북으로 빠르게 올라가고 있는 것이다.

사과도 마찬가지다. 주요 재배지였던 대구와 주변 지역의 재배 면적은 크게 줄었고, 오히려 강원 산간 지역의 사과 재배는 늘었다. 이 추세로 계속 간다면 작물의 재배지 북상이 아니라 소멸을 걱정해야 할지도 모른다. 농부들의 움직임을 보면 예정된 미래 같다.

미래의 농업을 생각하면 안타까운 마음이 크다. 제주에서 귤을 따는 풍경이나 선선한 가을바람에 흔들리는 사과나무를 더는 볼 수 없을까 봐. 뚜렷했던 계절의 색과 작물이 사라져 가는 것이 아쉽다. 나는 아직 사계절을 떠나보낼 준비가 되지 않았다.

가을

시절의 맛

무화과

무화과는 다른 과일처럼 꽃이 진 후에 열매가 맺히는 것이 아니라 꽃이 꽃 주머니 내부에서 피어나 과실이 된다. 그러니 열매를 먹는 것이 아니라 '꽃 그 자체'를 먹는다고 보아도 무방하다.

재작년 초가을에 나는 무화과를 팔고 있었다. 전라남도 해남의 한 농부에게 위탁 받은 무화과였다. 그 농부는 도시에서의 오랜 직장 생활을 끝내고 해남 땅에 새로운 터를 잡은 분이었다. 그렇게 판매를 개시한 지 며칠이 지났을까. 한 통의 전화가 걸려왔다. 얼마 전 인터넷으로 무화과를 구매한 고객이었다.

"싱싱하고 아주 좋아요. 그런데 역시 예전 그 맛은 아니네요. 어린 시절 동네에서 따먹던 무화과 맛이 진짜 좋았는데. 그래도 싱싱한 무화과 잘 먹었습니다. 감사합니다. 또 주문할게요."

불만 전화라고 보기에는 어려웠다. 고객의 목소리에는 옛날을 그리워하는 아쉬움이 가득 담겨 있었기 때문이다.

그 고객이 그리워하는 무화과는 아마도 1930년대에서 1970년대 사이, 정원수와 과수의 중간쯤의 모습으로 재배되던 무화과를 말하는 것이리라. 변변한 간식거리 하나 없던 시절 몇 개의 정원수가 아이들의 간식을 대신하던 때, 무화과는 부드러운 식감과 단맛으로 어른과 아이 모두의 입맛을 사로잡았을 터다.

무화과(無花果)는 '꽃이 없는 과일'이라는 의미를 가졌다. 하지만 정확히는 '꽃이 보이지 않는 과일'이라 말하는 것이 맞다. 무화과를 반으로 잘랐을 때 보이는 가느다란 줄기 혹은 섬유질 같아 보이는 것들이 바로 무화과의 꽃이기 때문이다. 무화과는 다른 과일처럼 꽃이 진 후에 열매가 맺히는 것이 아니라 꽃이 꽃 주머니 내부에서 피어나 과실이 된다. 그러니 열매를 먹는 것이 아니라 '꽃 그 자체'를 먹는다고 보아도 무방하다.

무화과의 대표적인 산지는 영암, 영광, 무안, 해남 등이다. 특히 영암은 처음 무화과를 소득 작물로써 정식 재배하기 시작한 지역답게 무화과 물량의 대부분을 책임지고 있다. 주로 재배되는 무화과 품종은 '승정도우핀(Masui Dauphine)'으로 전체 품종의 약 90% 이상을 차지한다. 우리가 늦여름을 시작으로 가을에 먹는 품종이 대부분 여기에 해당한다.

근래에는 홍수 출하 방지를 위해 시설 재배와 시기별 적합 품종을 도입해 연중생산 체제를 마련해야 한다는 이야기가 나오고 있어 미래에는 어떨지 모르겠지만, 아직은 선선한 바람이 불어오는 가을이 비로소 무화과의 계절이라 할 수 있다.

무화과의 수확은 새벽에 이루어진다. 당도의 손실을 막기 위해서다. 과육이 무른 무화과는 온도에 따라 당도의 손실 폭이 다르다. 수확 시 저온을 유지해 주어야 당도의 손실을 최소화할 수 있다. 온도가 높아지는 낮에는 무화과의 온도도 올라가기 때문에 무화과의 호흡량 상승과 함께 당도 손실이 가속화된다. 그 때문에 온도가 낮은 새벽 시간에 수확하는 것이다. 더불어 운송 과정과 판매 시에도 냉장 상태를 유지해야만 소비자가 온전한 과육과 당도를 즐길 수 있다.

나에게 과거의 무화과 맛이 그립다고 말한 고객의 푸념도 바로 이 무화과의 수확 방식에서 비롯된 것이라고 볼 수 있다.

바나나, 키위 등 후숙을 통해 당도를 높일 수 있는 과일들과 달리 무화과는 수확된 후 숙성을 시켜도 당이 오르지 않거나 되레 감소하기도 한다. 겉은 짙은 색으로 익어가지만 속은 변하지 않는다.

그러나 나무에 달린 무화과는 익으면 익을수록 당도가 올라간다. 나무에서 충분히 성숙해야만 진정한 맛을 품을 수 있는 것이다.

농부들이 이런 사실을 모르는 것은 아니다. 다만 나무에서 너무 익으면 과육이 물러 운송이 어렵기 때문에 조기 수확은 불가피하다. 그래야 무화과가 운송 과정을 견뎌 소비자에게 온전히 전해질 수 있기 때문이다. 산지에서는 유통되는 거리에 따라 수확 시기를 달리하려는 노력을 기울이고 있지만, 수도권 지역은 거리가 먼 만큼 미숙과에 가깝게 수확될 수밖에 없다.

나는 고객과의 전화 통화가 끝난 후 한동안 생각에 잠겼다. 적정 수확 시기와 저장 방법, 유통 방법 등을 고안해 실천하고 있지만, 여전히 과거의 맛을 실현할 수 없는 상황에서 어떻게 하면 온전한 맛을 고객에게 전할 수 있을까. 안타깝게도 산지로 내려가 완숙한 무화과를 따먹는 것 외에는 방법이 없어 보인다.

그렇지만 나는 어쩐지 그렇게 하더라도 그 그리움이 채워질 것 같지는 않다. '그 시절의 맛'이라는 것은 과실의 당도로만 채워지는 것이 아님을 알기 때문이다. 말 그대로 '시절'에 대한 그리움도 함께 들어 있는 탓이다. 나는 고객에게 무화과 한 박스를 보낸 후 메시지를 남겼다.

'선물입니다. 그 시절 직접 따 드시던 무화과의 맛은 아니겠지만, 고객님의 그리운 마음이 조금이나마 달래지기를, 그리고 이것이 또 다른 무화과에 대한 추억이 되기를 바랍니다.'

또 다른 절기

홍로 사과

생명력을 상징하는 붉은색과 내구성 그리고 맛까지 뛰어난 홍로는 가을 무렵에 우리가 만끽할 수 있는 또 하나의 절기가 되기에 충분하다.

절기상 흰 이슬이 맺힌다는 백로(白露). 이 무렵부터 일교차가 벌어지고 밤 기온이 뚝 떨어져 풀잎에 이슬이 맺히기 시작한다. 백로는 본격적인 가을의 시작을 알리는 선전포고인 셈이다. 그런데 백로와 함께 찾아오는 과실이 있다. 바로 '홍로(紅露)'다.

빠르면 8월 말, 늦어도 9월 상순에는 중생종인 홍로 사과가 본격적으로 출하된다. 추석이 조금 이르게 찾아오면 상품 수급이 특히 어려워진다. 물량이 적은 데에 비해 매입하고자 하는 업체가 많아지기 때문이다. 제때 물량 수급을 하지 못하면 명절 장사 때 부족한 물량을 채우기 위해 비싼 가격에 사과를 매입해야 하거나 심하면 사과를 판매하지 못할 수도 있다.

상황이 이렇다 보니 산지에서도 몰려드는 출하 물량을 맞추는 데에 급급해진다. 그러다 보면 자칫 선별에 실수가 발생할 수 있어 도·소매인들은 명절 사과 매입 시 특히 예민해진다.

최근 홍로보다 숙기가 빠른 '아리수'라는 신품종이 등장해 추석 사과 시장을 양분할 것이라는 기대도 있었지만, 홍로의 영향력을 따라잡기에는 시간이 더 필요해 보인다. 아직 추석은 홍로와의 전쟁이다.

붉은 홍(紅) 자를 쓰는 홍로는 이름처럼 붉은빛이 매력적인 과일이다. 그 아름다운 빛깔 때문인지 높은 당도 때문인지 그것도 아니면 부사보다 즐길 수 있는 시간이 한정적인 탓인지 아무튼 홍로는 시장에서 인기가 좋다. 그러나 그것도 예쁘게 태어난 홍로에 한정된 이야기다. 명절을 앞두고 선물용이나 제수용으로 구매하는 경우가 많은 탓이다. 보통 10월부터 수확하는 부사에 비해 홍로는 모양이 고르지 못해 '못난이 사과'라는 별칭이 있을 정도다. 그래서 크기가 크면서 고른 과형과 착색을 보이는 홍로일수록 가격이 매우 높다.

최근 몇 년 동안은 기후 변화로 인해 상품(上品) 홍로의 수확이 줄어들어 추석 사과 값이 더 비싸졌다. 하지만 가격이 어떻든 명절에 홍로를 찾는 소비자는 많으니 농가와 상인들은 소비자를 만족시키기 위해 품질 관리에 더욱 노력을 기울인다.

물론 또 다른 한편에서는 예쁜 홍로의 비싼 가격을 지적한다. 선물과 차례 등을 위해 홍로를 찾긴 하지만, 높은 가격을 납득하지 못하는 것이다. 그래서 나는 오프라인 장사를 하던 시절에 그런 소비자를 만나면 다른 방향을 제시했다.

고객들에게 홍로의 특성을 그대로 받아들여 주시길 요청하는 것이다. 억지로 예쁜 것을 찾아 웃돈을 내기보다는 자연스러운 홍로의 모습을 받아들이고 합리적인 소비를 하시라고.

좋은 것을 가족과 조상에게 전하고 싶은 마음은 십분 이해하지만 홍로가 못나게 생겼다고 맛까지 좋지 않은 것은 아니니 말이다. 오히려 그것이 더 홍로다운 모습이기도 하고, 사과의 외형 때문에 마음이 전해지지 않는 것도 아니니 말이다.

물론 이 같은 권유가 늘 통했던 것은 아니지만, 가끔은 이런 마음에 호응해 주시는 분들이 있었다.

또 하나 홍로를 판매할 때 많이 받는 요청이 있다.

"꿀 박힌 사과로 주세요"

홍로 사과를 팔기 시작하면서 꿀 박힌 사과를 달라는 말을 처음 듣고 무슨 말인지 몰라 갸웃했던 기억이 난다. 사과에서 무슨 꿀을 찾는단 말인가? 얼마 지나지 않아 꿀 박힌 사과가 바로 홍로 안에 불규칙적으로 퍼져 있는 투명한 부분을 가리킨다는 것을 알게 되었다.

꿀로 불리는 부분의 정식 명칭은 천연 과당의 일종인 '소르비톨(Sorbitol)'이다. 이 성분이 응집되면서 과육에 투명한 부분을 만들어 낸다. 실제로 이러한 사과가 더 높은 당도를 자랑하니 꿀 박힌 사과는 딱 들어맞는 별칭이다. 이 부분은 햇빛을 많이 받은 사과에서 주로 발견된다. 사과는 맛과 모양뿐만 아니라 착색력도 좋아야 상품성을 인정받는다. 착색은 햇빛의 역할이 크다. 농부는 사과의 선명하고 고른 착색을 위해 생육

시 과실의 밑에 반사판을 깔아주어 햇볕이 골고루 쬐어지도록 한다

더욱이 홍로는 명절에 소비되는 품종이니 햇빛을 더 잘 쬐어주기 위한 농부의 싸움이 치열하다. 그렇다 보니 설날에 주로 만나는 부사와 추석 무렵의 홍로에서 더 많은 꿀을 발견할 수밖에 없는 것이다.

전 세계인의 과일이라 불릴 만큼 가장 보편적이고 폭넓게 소비되는 과일인 사과. 역사가 깊은 만큼 사과는 단순한 먹거리를 넘어 크고 작은 의미를 가진다.

뉴턴은 떨어지는 사과를 보며 만유인력의 법칙을 발견했다. 동화 「백설공주」에서는 공주를 위험에 빠뜨린 독약이면서 공주와 왕자를 맺어준 인연의 상징으로 쓰였다. 또 애플(Apple Inc.)의 사과 모양 로고는 혁신의 아이콘으로 자리 잡았다. 그리고 제사의 풍습을 가진 한국에서는 조상을 기리는 하나의 매개다.

생명력을 상징하는 붉은색과 내구성 그리고 맛까지 뛰어난 홍로는 가을 무렵에 우리가 만끽할 수 있는 또 하나의 절기가 되기에 충분하다.

가을을 기다리며

보은 대추

생각해 보면 자연도 마찬가지인 듯하다. 겨울, 봄, 여름을 잘 견뎌야 가을에 열매를 맺을 수 있다. 그러고 보면 사람이나 자연의 동식물이나 모두 가을을 기다리며 사는 것 아닐까.

몇 년 전 추석에 친구 외할머니 댁이 있는 충북 보은군 산외면 중티리를 찾았다.

어릴 적 중티리 인근 마을에서 산 적이 있었음에도 가본 것은 그때가 처음이었다. 당시 중티리에는 흔한 구멍가게 하나조차 없고, 집들조차 대부분 낡고 오래된 상태였다.

나는 홀로 마을을 거닐며 곳곳에 아무렇게나 방치된 기울어진 담장, 망가진 대문 등을 보게 되었다. 마을을 둘러싼 수려한 산세와 대조된 탓인지 더욱 그 풍경이 애처롭게 느껴졌다. 그러나 그것도 잠시 집집마다 대추가 붉게 여물어 가는 모습에 매료되고 말았다.

'그렇지! 여기 보은이지!'

나는 그제야 이곳이 보은의 명물 '보은 대추'가 자라는 곳임을 자각했다.

보은 대추는 1809년 빙허각 이씨(憑虛閣 李氏)가 쓴 『규합총서(閨閤叢書)』에도 팔도의 대표 농산물 중 하나로 기록되어 있다. 그 정도로 보은의 대추는 오래전부터 유명했다.

보은은 높은 일조량, 큰 일교차, 낮은 습도 등 품질 좋은 대추가 생산되는 데에 유리한 조건을 갖고 있다. 현재 보은 대추의 대부분을 차지하는 씨 없는 품종인 '복조'는 탐스럽고 맛이 좋기로 유명한데, 이 종은 사실 경북에서 재배되던 것이었다. 그것이 보은으로 건너와 보은의 토양과 기후와 맞물려 보다 특별한 맛을 갖게 되었다.

마침내 '보은하면 대추'라는 이미지가 생겨났고 보은 대추는 농부들의 효자 노릇을 톡톡히 해 주었다. 자연히 농부들은 보은 대추를 아끼는 마음이 더욱 커졌고 그만큼 열성을 다해 가꾸었다.

"삼복에 비가 오면 보은 처자가 운다"라는 보은과 관련된 속담만 보아도 보은 사람들이 대추를 얼마나 중요하게 생각하는지를 쉽게 알 수 있다.

6월에서 7월은 대추꽃이 개화하는 시기인 동시에 삼복과 장마가 오는 시기다. 이때 비가 많이 내리면 대추의 발육이 더뎌지는 것은 물론이고 낙과가 심해져 수확량이 감소한다. 그렇게 되면 자연히 수익도 줄게 되니 혼사를 앞둔 집안에서는 근심이 커진다. 주된 수입원인 대추 농사를 망치면 잔치를 치를 밑천이 부족할 수 있기 때문이다. 그래서 삼복에 비가 내리면 혼인을 앞둔 처자는 대추 농사의 예견된 흉작을 슬퍼하며 눈물을 흘린다는 속담이 생겨난 것이다.

중티리에 처음 방문한 그때, 나는 우연히 한 농부를 만나 그 속담이 아직도 유효함을 확인할 수 있었다.

그는 할머니 댁 바로 앞에 위치한 대추 농원의 농부였다. 그는 홀로 산책하는 나에게 스스럼없이 말을 걸어왔다. 몇 살인지, 어디서 왔는지 등 으레 하는 질문들을 시작으로 몇 마디 나누게 되었다. 이런 시골에서 젊은 청년이 보이니 반가워 말을 붙였던 것이다. 그러다 나는 올해 대추 농사의 작황이 어떤지 물어보게 되었다.

"비가 많이 내려서 그런지 씨알이 작아. 게다가 원래 이맘때는 색도 잘 나오는데 그마저도 올해는 신통치가 않네."

그는 지난여름에 내린 많은 비로 인해 대추의 생산량과 품질이 떨어져 걱정이 많다고 했다. 그러면서 그는 수확해 둔 대추 중에 실한 것을 하나 골라서 나에게 건넸다. 맛을 보라는 의미였다.

걱정이 가득했던 그의 말과는 달리 건네받은 대추는 영롱한 갈색으로 고루 익은 데다 씨알도 굵었다. 하지만 뒤에 쌓여 있는 대추를 보니 손에 들린 대추만큼 씨알이 굵고 색이 좋은 게 많지는 않았다.

오랜 속담처럼 지난 삼복에 내린 비가 영향을 미친 것이었다. 나는 어쩐지 먹는 게 아깝고 죄송해서 머뭇거렸다.

"괜찮으니 먹어봐."

그가 한 번 더 권했다. 나는 그제야 천천히 대추를 한 입 깨물었다.

아삭거리는 소리가 나더니 곧 대추의 단맛이 느껴졌다. 잘게 부서지는 과육을 따라 단맛이 입안 가득 퍼졌다. 대추를 삼키고 나서 느껴지는 깔끔한 달콤함.

문득 뒷맛까지 좋은 이 대추가 흉작인 것이 안타까워졌다. 양껏 즐길 수 없다는 것이 단맛을 씁쓸하게 만들었다. 농부가 건넨 이 대추 한 알만 맛보고 이곳을 떠나면 꽤 오랫동안 이 맛을 그리워할 것 같았다.

"너무 맛있네요. 대추 한 봉지 사가야겠어요."

나는 그에게 대추를 구매하겠다고 했다. 그는 그냥 가도 된다고 말했지만 나는 끝내 맛있어서 사는 거라고 고집을 부렸다.

그는 결국 큰 봉지를 가져와 쌓여 있는 대추 중에서 씨알이 굵은 것만 추려 담기 시작했다. 그냥 담으시라고 했지만 기어코 그는 그래야 마음이 편하다고 말하면서 한 알 한 알 정성껏 대추를 골라 담았다. 흉작이라 마음이 야박해질 법도 한데 인정을 베푸는 그의 모습에 코끝이 찡해졌다.

대추라는 이름은 큰 대(大)에 대추 조(棗)를 쓰는 '대조'에서 출발했다고 전해진다. 이후 시간이 지나면서 대초, 대쵸, 대츄 등 다양한 이름으로 불리다가 현대에 들어 대추라는 이름으로 정착했다.

그런데 기다릴 대(待)에 가을 추(秋)를 써서 가을을 기다린다는 뜻을 가진 단어도 있지 않은가. 어쩐지 나는 이것이 우연이 아닌 것만 같다. 대추만큼 가을의 결실을 잘 보여주는 것이 또 있을까.

보은군의 농부들은 대추와 함께 살아간다. 그들에게는 오래전부터 가을을 기다리는 것이 곧 대추의 수확을 기다린다는 의미였다.

생각해 보면 자연도 마찬가지인 듯하다. 겨울, 봄, 여름을 잘 견뎌야 가을에 열매를 맺을 수 있다. 그러고 보면 사람이나 자연의 동식물이나 모두 가을을 기다리며 사는 것 아닐까.

나는 대추 한 봉지를 들고 중티리를 떠나면서 부디 다음 삼복에는 비가 내리지 않기를, 모두의 가을이 더욱 풍성하기를 빌었다.

사과와는 다른 운명

배

배는 일찍이 고려 명종 18년부터 나라에서 심도록 권장한 소득 작물이다. 또 조선 성종(재위 1469~1494) 때는 배가 진상품으로 바쳐졌다는 기록도 있다. 더불어 6세기 초 중국의 『제민요술(齊民要術)』에 실린 기록까지 헤아린다면, 이 땅의 배 역사는 천 년을 훌쩍 넘긴다.

각 계절은 고유한 색이 있다. 그리고 그 색은 자연 곳곳에 깃든다. 겨울의 서늘한 흰빛은 만개할 봄을 준비하며 만물을 재우고, 봄의 여린 담홍색은 온갖 꽃들에 깃들어 겨울을 깨우고, 여름의 청명한 푸른색은 바다와 하늘에 깃들어 생기를 뿜어낸다. 그리고 가을. 가을은 작물들을 주홍빛으로 물들이며 여물게 한다.

가을의 생명력에 힘입어 사과와 배, 단감이 가장 먼저 세상으로 나온다. 빨갛게 익은 사과가 문을 열면 황금빛의 배가 곧장 뒤를 따르고, 단감이 그들의 자취를 따라나선다.

특히 사과와 배는 '명절용 과일'이라는 점에서 유사성이 있다. 하지만 둘의 운명은 확연히 다르다. 명절에는 사과와 배 모두 승승가도를 달리지만, 평소에 배는 그렇지 않다.

명절의 배는 제수용과 선물용으로 찾는 사람이 많아 소비가 급증한다. 심지어 사과보다 많이 팔릴 때도 있다. 이는 값이 많이 뛰는 사과에 비해 저렴한 것도 한 이유다. 앞서 홍로에 대해 이야기하면서 최근 수년간 급격한 기후 변화로 명절 사과 값이 높아졌다고 했는데, 배는 사과에 비해 생육 적온이 높기 때문에 기후 변화에도 비교적 양호한 수확량을 보인다. 그래서 가격도 사과보다 안정적이다.

개인적인 경험에 비추어 보아 선물용 과일을 구매하는 분들은 중량보다는 부피에 더 초점을 두는 경우가 많았다. 그리고 같은 가격이라면 더 크고 무거운 중량의 배를 찾았는데, 이러한 점도 판매량 증가의 이유로 보인다.

그러나 이것도 어디까지나 명절까지의 이야기다. 명절이 지나면 배는 매대의 중심에서, 온라인 판매 페이지의 상단에서도 밀려난다. 손님이 일부러 찾지 않는 이상 판매자도 잘 권하지 않는다.

껍질을 깎아서 먹어야 하는 불편함 때문에 소비자들의 외면을 받는 것인가 싶어 비교적 최근에 도입된 '스위트스킨(Sweet Skin)', '조이스킨(Joy Skin)' 같은 껍질째 먹는 품종의 활약을 기대했지만, 역시나 판매에는 큰 도움이 되지 못했다.

이해가 되지 않는 일이다. 수분 함량이 높아 갈증을 해소하는 데 탁월하고 아이스크림이나 음료로 만들어질 만큼 당도도 좋은데 왜 고객들에게 선택받지 못하는 것일까?

가장 큰 이유는 '배는 제수용'이라고 이미지가 굳혀진 데 있다. 사과나 단감의 상황도 크게 다르지 않은데 유독 배만 그렇게 된 데에는 단일 품종에 따른 접근성의 한계 때문으로 보인다.

우리나라 배의 품종은 1930년대에 도입된 일본의 '신고(新高, Niitaka)'다. 전체의 80% 이상의 점유율을 자랑할 만큼 압도적으로 많이 재배되는 품종이다. 저장성이 길고 씨알이 크기 때문이다. 사과로 따지면 부사인 셈이다. 신고는 부사와 마찬가지로 가을에 수확이 끝나면 저장에 들어가 이듬해 조생종이 나오기 전까지 시장에 출하된다. '원황'이나 '화산' 등이 추석 특수를 위해 재배되고 있지만, 저장성이 낮아 신고를 따라올 수가 없다.

긴 저장성은 물론 고른 외형과 큰 크기, 높은 당도 덕분에 신고는 설을 비롯해 연중 치러지는 모든 제사를 책임지게 되었다. 이렇다 보니 배 농사를 짓는 농부의 입장에서는 안정적인 신고를 선호하는 것이 당연하다.

하지만 사실 배는 이런 취급을 받을 품목이 아니다. 배는 일찍이 고려 명종 18년부터 나라에서 심도록 권장한 소득 작물이다. 또 조선 성종(재위 1469~1494) 때는 배가 진상품으로 바쳐졌다는 기록도 있다. 더불어 6세기 초 중국의 『제민요술(齊民要術)』에 실린 기록까지 헤아린다면, 이 땅의 배 역사는 천 년을 훌쩍 넘긴다. 이렇듯 우리의 역사 속에 뿌리 깊게 자리한 배가 이제는 제수용과 약용, 요리용 정도로만 소비되는 것이 안타깝다.

물론 나도 할 말은 없다. 온라인 판매를 하는 지금도 운영상의 이유로 배를 잘 다루지 않으니 말이다. 그렇다고 마음이 쓰이지 않는 것은 아니다. 다른 과일들이 고객들에게 사랑받으며 일사불란하게 들어오고 나가는 것을 보면 배도 일상적으로 많이 판매되면 좋겠다는 생각이 든다.

배의 단단하고 새하얀 과육, 갈증이 나지 않는 깔끔한 단맛, 넘치는 수분감과 청량감은 명절에만 잠시 즐기기에는 무척 아쉽다.

샤인머스캣과 같은 새로운 품종으로 포도 시장이 활력을 찾았듯이 배 시장에도 새로운 다크호스가 등장해 주기를 기원해 본다.

땅심 관리의 중요성

장사꾼들 사이에는 자기 장사를 하려면 계절을 최소 서너 바퀴는 돌아봐야 한다는 말이 있다. 생물을 다루는 일이다 보니 예측할 수 없는 변수가 매년 발생하기 때문이다. 따라서 수년은 일을 배워야 나중에 자신만의 기준을 확립하여 장사를 할 수 있다.

첫 번째 사계절을 겪은 때가 생각난다. 꽃샘추위가 누그러지던 3월이었다. 이제 막 한 바퀴를 돌아 사계절과 겨우 안면만 텄지만, 선배들의 조언에 한 발짝 다가선 것 같아 내심 뿌듯했다.

그러나 계절을 한 바퀴 돌았다는 기쁨은 짧았다. 그 무렵에 나의 마음은 물에 적셔진 듯 무거웠다. 불편한 것을 계속 끌어안고 있을 수는 없는 법. 원인을 찾기로 했다.

내면을 들여다보는 중에도 장사는 쉼 없이 계속되었다. 하루에 꼬박 13시간이 넘는 강도 높은 일정이 이어졌다. 주말은 손님이 몰리니 쉬는 건 불가능했기 때문에 쉬는 날은 가장 한산한 월요일이나 화요일이 되었다.

휴일에도 누군가를 만나 봄을 만끽한다거나 일상을 털어놓는 등의 일은 생각할 수도 없었다. 사람들을 만나기는 커녕 잠을 자기에도 부족한 시간이었다. 장사와 취침뿐인 일상들이 이어지던 어느 날 나는 내 마음의 문제를 알게 되었다.

소위 '번아웃(Burnout Syndrome)'이 왔던 것 같다. 강도 높은 노동이 반복되면서 몸과 마음이 다 지쳐버린 것이다. 그런데 그 마음이 얼굴에 드러났는지 나의 변화를 단골손님들이 더 빨리 눈치챘다. 지금 생각하면 프로답지 못했다는 생각이 들지만 어렸다는 것을 변명으로 삼아본다.

다행히 내 곁에는 좋은 사람들이 많았다. 얼마나 그런 상태로 내가 출근했는지는 모르겠으나 어느 날 여느 때처럼 가게 문을 닫고 퇴근하는데 사장님이 부르셨다.

"힘들지? 당연한 걸 물었나? 휴식도 없이 한자리에서 서서 종일 장사만 하니 힘들 거야. 나도 그랬어. 며칠 쉬고 와. 가게는 걱정하지 말고."

사장님은 휴가비가 담긴 봉투를 내 손에 쥐여 주었다.

그로부터 수년이 흘렀다. 나는 농산물을 주제로 글을 쓰고, 제철 농산물을 팔며 살아가고 있다. 언젠가 딸기 농부와의 인터뷰에서 '농사를 지을 때 가장 중요하게 생각하는 것'을 물은 적이 있다. 그때 그 농부는 이렇게 답했다.

"땅심 관리에 집중합니다. 좋은 비료를 사용하고 객토하는 등 수많은 관리법이 땅심 관리에 포함되지만, 경작과 휴경의 시간을 고루 주는 것. 그것이 진정한 땅심 관리의 핵심이라 삼으면서 말이죠."

나는 그 말을 듣고 엉뚱하게도 번아웃이 되었던 그 시절이 생각났다. 왜 그때는 몰랐을까. 사람도 땅과 마찬가지라는 것을.

결실만을 위해 계속 농사를 짓는다고 해도 영양분이 없는 땅에서는 좋은 열매가 맺지 못한다. 땅이 작물에 빼앗긴 영양분을 채울 수 있도록 쉼의 시간을 주는 것. 농사의 핵심이 '땅심 관리'에 있음은 우리 모두 새겨야겠다.

하루가 다르게 세상이 변하고 있다. 열심히 살아도 티가 나지 않고 내가 잘 가고 있는 것인지 확신도 들지 않는다. 그러나 무작정 달리기만 해서는 안 된다. 땅에도 휴식이 필요한 것처럼 사람도 적절한 휴식이 필요하다.

우리의 마음을 밭이라고 생각하고 땅심 관리를 해야 한다. 조금 쉬었다 가는 것이 오히려 가장 좋은 결실을 볼 수 있는 방법이다.

또 하나의 상징

석류

요즘도 나는 석류를 보면 그날이 떠오른다. 여성성, 예쁜 남자, 신화 속 이미지도 아닌 다름아닌 그 모녀의 눈 맞춤이. 그날 이후로 나에게는 부모의 애틋한 사랑도 석류의 한 상징이 되었다.

"미녀는 석류를 좋아해"

2006년 한 음료 광고의 CM송에 나온 가사다.

당시는 영화 〈왕의 남자〉로 톱스타 반열에 오른 배우 이준기 씨가 '예쁜 남자' 신드롬을 만들어 낸 때였다. 그 인기에 힘입어 이준기 씨를 모델로 한 석류 음료도 광고 효과를 톡톡히 누렸다. 석류가 여성의 과일, 아름다움의 상징이라는 이미지가 대중에게 각인된 결정적 계기가 아닐까 싶다.

석류는 그 꽃부터 열매까지 붉은 것이 특징이다. 과피 안에 담긴 수많은 씨앗은 붉고 영롱한 루비를 닮았다. 이 때문에 석류는 오래전부터 다양한 상징물로 사용되었다.

소설가 이효석은 단편 소설 「석류」에서 여주인공이 겪는 초경의 아픔을 석류에 비유했다. 또 그리스 신화 속에서도 저승의 신 하데스와 페르세포네의 이야기에도 석류가 등장한다. 간단히 신화의 내용을 정리하면 이렇다.

하데스는 아름다운 페르세포네를 자신의 아내로 맞이하고 싶었다. 그러나 페르세포네가 자기 뜻대로 되지 않자 하데스는 그녀를 저승으로 납치하는 만행을 저지른다. 페르세포네의 어머니인 땅의 여신 데메테르는 분노하여 하데스에게 딸을 돌려 달라고 요구했다. 만약 이 요구를 듣지 않으면 땅의 모든 곡물을 멸하겠다고 하자 하데스는 하나의 묘책을 생각해낸다.

하데스는 페르세포네가 저승에 와서 아무것도 먹지 않는다면 풀어주겠다고 데메테르에게 약속한 뒤, 페르세포네에게는 석류를 먹으면 풀어주겠다고 반대의 제안을 한다. 페르세포네는 하데스의 말을 믿고 석류를 먹었고 결국 저승에 발이 묶이고 말았다.

이에 분노한 데메테르는 하데스에게 재협상을 요

구했고 페르세포네가 먹은 석류알의 수만큼 저승에 머무는 것으로 협의했다. 그녀가 먹은 것은 총 4알이었고 결국 1년 중 4개월을 저승에 머물게 되었다. 딸이 저승에 있는 동안 데메테르는 슬픔에 빠져 땅을 돌보지 않았고, 그 때문에 불모의 계절이 생겨났다는 이야기다.

신화 이야기를 하고 나니 마치 석류가 서양의 전유물처럼 느껴지기도 한다. 하지만 우리의 풍습에도 석류의 상징이 깃들어 있다.

예로부터 석류 안에 들어 있는 수많은 씨앗이 다산을 상징한다고 여겨 여성의 혼례복이나 예복에 석류 문양이 새겨지기도 했다. 이는 현재까지 이어져 가을철 이바지(결혼 전후로 신부 측에서 신랑 측으로 보내는 음식) 품목에 석류를 넣는 암묵적인 풍습이 되었다. 실제로 나는 오프라인에서 장사를 할 때 석류를 이바지 품목에 넣는 손님을 많이 보았다.

이바지 과일 이야기를 하니 몇 년 전 가을에 찾아온 한 모녀가 생각난다.

"이바지 과일을 좀 하고 싶은데요. 사과, 배, 석류로 해서 가장 좋은 것들로만 좀 주세요."

어머니는 가게에 들어서자마자 퉁명스러운 어투로 단도직입적으로 말했다. 이바지 과일을 사러 오는 여타의 가족과는 다르게 분위기가 냉랭했다.

나는 조용히 부사 사과 한 박스와 신고배 한 박스, 석류 한 박스를 준비하여 전용 보자기로 포장을 시작했다. 그때였다. 딸은 조용히 어머니에게 말했다.

"그렇게 반대하더니, 이바지는 왜 산대?"

"그럼 딸이라고 하나 있는 게 시집가는데 할 건 해야지, 그렇게 엄마 말 안 듣고 시집가는데 잘 못살아봐 아주!"

"걱정 마! 엄마 무서워서라도 잘 살 거니까."

모녀는 서로 다른 곳을 보며 옅은 미소를 지었다. 그제야 긴장했던 나의 마음도 풀리며 안심이 되었다. 나는 포장이 끝난 과일을 모녀의 차에 실어드리며 축하와 감사의 마음을 전했다.

가게로 돌아온 뒤 모녀를 다시금 떠올렸다. 그 짧은 대화만으로도 얼마나 많은 굴곡이 있었을지 가늠이 되었다. 물론 딸을 보내는 그 심정이야 감히 헤아릴 수 있겠냐마는.

요즘도 나는 석류를 보면 그날이 떠오른다. 여성성, 예쁜 남자, 신화 속 이미지도 아닌 다름 아닌 그 모녀의 눈 맞춤이. 그날 이후 나에게는 부모의 애틋한 사랑도 석류의 한 상징이 되었다.

가을의 떫은맛

단감

감이 소쿠리에 가득 담기면 할머니는 그것을 하나하나 손질해 평상에 펼쳐 말리셨다. 감은 시간이 지나면서 말랭이로 변해갔다. 감말랭이와 곶감을 만드는 일은 시골에서는 가을과 겨울을 보내기 위한 통과의례 같은 것이었다.

"단감 떨이, 단감 떨이"

저녁 일곱 시가 지나면 슬슬 단감 떨이를 시작한다. 그러지 않으면 손님의 발길이 끊겼을 때 물건이 남게 되고, 그것만한 낭패가 없다.

해가 짧고 쌀쌀한 늦가을 무렵부터는 사람들의 발길이 일찍 끊기기 때문에 시장 내 점포들은 저녁 여덟 시부터 대체로 마감을 준비한다. 생선, 야채, 정육, 과일 등 식품점들은 상황에 따라 더 서두르기도 한다.

과일의 경우에는 '당일 사입 당일 판매'를 원칙으로 하나 저장이 용이한 사과, 배, 키위, 파인애플 등은 며칠에 걸쳐 판매하는 편이다. 그 외 저장이 어려운 품목은 마감 시간이 가까워지면 떨이를 해서라도 팔아내야만 한다.

날씨가 추워짐에 따라 수확이 끝나고 저장된 단감은 비닐 포장되어 출하된다. 저장성과 더불어 찬바람에 의한 변색을 막기 위함이다. 하지만 아이러니하게도 소매점에서는 이 봉지를 다시 뜯어 진열한다.

소비자들은 봉지째로 구매하면 썩거나 무른 단감이 섞여 있을 거라고 생각해 포장되지 않은 단감을 선호하기 때문이다. 물론 단감의 저장 기간이 길어질수록 봉지 내에 무른 단감이 생겨나는 빈도가 높아지는 것은 사실이다.

그러면 포장을 뜯은 단감을 당일에 팔아야 하는 이유는 변색 때문만일까? 그것은 아니다.

감의 표피는 큐티클(cuticle)이라는 얇은 층으로 감싸여 있다. 단감의 표면이 반들반들한 이유도 바로 이 큐티클 때문이며 이것은 감을 보호하는 역할을 한다.

하지만 이 큐티클은 작은 충격에도 손상되기 쉬워

수확과 유통, 판매 과정에서 주의가 필요하다. 그렇지 않으면 단감 표면에 쉽게 상처가 생기기 때문이다.

물론 표피의 상처는 크지 않은 이상 내부의 맛에는 별 영향을 주지 않는다. 그런데도 떨이 시간이면 단감이 상상도 못 할 가격으로 팔리는 것은 깨끗한 단감을 찾는 소비자의 심리 때문이다.

나 또한 그런 마음을 알기에 소비자의 심리를 탓하지는 않는다. 그러니 장사꾼은 애초에 떨이까지 가지 않도록 온종일 자신의 노하우를 발휘하며 팔아내야 한다. 단감은 그야말로 장사꾼의 능력을 판가름할 수 있는 품목이라 할 수 있겠다.

하지만 내가 장사를 배우던 초창기에는 마지막까지 남은 단감을 못 떨어내거나 팔더라도 너무 헐값에 팔아 마음고생을 많이 했다. 튼실하고 맛 좋은 단감 열댓 개를 몇천 원에 파는 심정은 정말이지 말로 다 할 수 없다.

"단감 장사를 잘하려면 시간, 진열량, 가격 등 전반적인 것을 다 고려해야 해. 낮에 좋은 상태의 물건을 제값에 많이 팔아야 마감 시간대 떨이가 훨씬 수월해. 물론 떨이를 할 게 아예 없다면 더할 나위 없이 좋겠지. 하지만 떨이도 하다 보면 요령이 생기니까 너무 부담 갖지 마."

단감을 헐값에 넘길 때마다 자책하는 나에게 사장님이 해 주신 말씀이다.

그분의 말씀이 틀린 것은 아니었다. 낮에 잘 벌어두면 떨이를 하게 되더라도 부담스럽지 않다. 그러나 내 자책의 이유가 조금 다른 데 있었기 때문에 낮에 잘 팔더라도 그 마음은 변함이 없었다. 단감에는 나만의 특별한 애정이 있기 때문이었다. 그렇기에 모든 단감을 제값에 팔고 싶은 욕심을 버릴 수가 없었다. 단감에 대한 나의 애정은 어린 시절 할머니와의 추억에서 찾을 수 있다.

나의 할머니는 시골에서 소 두 마리를 기르셨다. 소가 있는 작은 외양간 옆에는 커다란 감나무가 있었다. 어린 시절의 나는 가을이 되면 하루하루 감이 익는 것을 살피느라 감나무를 올려다보곤 했다.

마침내 감이 다 익고 기다리던 감을 따는 날이 되면 소쿠리와 막대기를 챙겨 할머니와 함께 감나무 밑으로 갔다. 할머니가 막대기를 휘두르면 감이 툭툭 땅으로 떨어졌다. 누나와 나는 신나게 뛰어다니며 마당에 떨어진 감을 소쿠리에 주워 담았다.

그렇게 감이 소쿠리에 가득 담기면 할머니는 그것을 하나하나 손질해 평상에 펼쳐 말리셨다. 감은 시간이 지나면서 말랭이나 곶감으로 변해갔다. 감말랭이와 곶감을 만드는 일은 시골에서는 가을과 겨울을 보내기 위한 통과의례 같은 것이었다.

그때 나는 문득 궁금해졌다. 가을마다 말리는 감 본연의 맛이. 주홍빛이 도는 감은 색깔만 보면 달콤해 보이니 어린 마음에 호기심이 일었던 모양이다.

나는 결국 궁금한 마음을 참지 못하고 할머니 몰래 평상에 막 펼친 감 한 조각을 입에 넣었다.

웩! 생전 처음으로 입안을 조여 오는 맛에 나는 울음을 터뜨렸다. '떫은맛'을 제대로 본 것이다.

할머니는 그런 내가 귀여웠던 것인지 크게 웃으셨다. 혼이 난 것도 아닌데 어쩐지 억울하고 부끄러운 마음이 든 나는 방 안으로 뛰어 들어갔다.

얼마나 지났을까? 나를 부르는 소리가 들렸다. 나가보니 할머니의 손에는 검정 봉지 하나가 들려 있었다. 나는 입을 삐쭉 내밀며 할머니 앞에 앉았다. 할머니는 봉지에서 감을 하나 꺼내시더니 깎기 시작했다. 그리고 말랭이를 만들 때처럼 작게 조각을 낸 다음 나에게 건넸다.

"우리 강아지 이건 먹어도 된단다."

좀 전에 먹었던 감과 다를 바 없는 모양에 나는 겁이 나서 할머니의 얼굴만 멀뚱히 쳐다보았다. 떫은맛의 공포가 가시지 않아 눈을 질끈 감고 씹었다.

웬걸? 눈이 번쩍 떠졌다. 나를 눈물 나게 했던 떫은맛은 온데간데없고 아삭한 식감과 단맛이 입안을 가득 메웠기 때문이다.

"이건 단감이라는 거야."

그로부터 이십 년도 더 넘는 세월이 흘렀다. 떫은 맛에 혼쭐이 났던 꼬마가 자라 단감을 파는 사람이 되었다. 과일 장사를 시작하고 나서야 알게 되었다. 과거 나를 울렸던 감은 탈삽(脫澁, 감의 떫은맛의 원인인 타닌 성분을 수용성에서 불용성으로 바꾸는 것)을 해야만 먹을 수 있는 감이라는 사실을 말이다. 또 내가 처음으로 맛보았던 단감이 '부유'라는 품종이라는 것도.

부유 단감은 우리나라 단감 시장의 점유율 1위의 품종이다. 추석에 만나는 단감 '서촌조생'과 비교적 최신 품종인 '미감조생', '조완'은 조생종으로 크기가 작은 데 반해 10월 말에 나오는 부유는 크기와 저장성이 우수하다. 겨울에 비닐에 포장되어 나오는 담감은 대부분 부유 품종이다.

우리나라 재래종 감은 기본적으로 떫은맛이 강해

탈삽 전에는 먹기가 힘들다. 그런 이유로 오래전부터 홍시나 곶감, 감식초 등 한차례 가공을 해서 먹어야만 했다. 이러한 감 시장에 변화가 찾아온 것은 1900년대로 넘어오면서부터다.

일본에서 들어온 단감은 떫은 감이 주를 이루던 우리나라 시장에 새로운 바람을 일으켰다. 달콤함과 아삭한 식감으로 단숨에 소비자들을 사로잡았다.

또 탈삽을 하지 않아도 단맛이 나기 때문에 가공을 해야 하는 번거로움도 없었다. 그렇다 보니 농부들에게도 인기가 많아져 재배하는 농가의 수도 기하급수적으로 늘었다. 이 단감의 품종이 바로 '부유'다.

하지만 또 다른 고민이 생겼다. 단감 소비가 부유에만 치우쳐 있다 보니 부유 출하 시기가 되면 다른 품종의 가격이 급락하는 일이 일어나는 것이다.

다행히 최근에는 '미감조생', '조완'과 함께 '감풍', '로망', '원미' 등 국내산 신품종이 지속적으로 등장해 부유의 편중 재배가 완화되고 있다.

소의 울음소리를 들으며 시작하던 아침, 소들을 지키기라도 하듯 서 있는 감나무, 하얀 이슬이 내려앉은 마당, 손자 손녀를 위해 아침을 준비하시던 할머니.

단감에는 그런 정겨운 풍경들이 깃들어 있다. 지금까지도 내가 단감이 헐값에 팔려나가는 것을 안타까워하는 까닭은 아마도 그 때문일 것이다.

비상(飛翔)을 꿈꾸며

참다래

아직은 '제스프리 딱지' 앞에 주눅이 들지만, 소비자들에게 참다래의 다양한 맛을 선보일 수 있다면 분명 우리 땅에서 자란 참다래가 더 사랑받는 날이 올 것이라고 믿는다.

오프라인에서 장사를 하던 시절, 일주일에 서너 번은 꼭 가게에 들르시던 어르신이 있었다. 이른 아침이든 늦은 저녁이든, 여름이든 겨울이든 그분이 구매하는 품목은 오직 '그린 키위'뿐이었다.

"키위 두 개랑 과도 하나만 줘, 저기서 깎아 먹고 갈게."

더 특이한 점은 항상 가게 한 편에서 키위를 깎아 먹고 가신다는 점이었다.

처음에는 당혹스러워 어떻게 해야 할지 몰랐다. 먹고 가겠다는 손님이 처음인 탓도 있었지만, 위험한 과도를 드려도 되는지도 고민이 되었다.

아무리 장사를 막 시작한 초보라도 그분이 쉽게 만

날 수 있는 부류의 손님은 아니라는 것 정도는 금방 알 수 있었다. 다행히 그분과의 첫 대면은 사장님이 계신 덕분에 무사히 넘길 수 있었다.

이후에는 적응이 되어 어르신이 오시면 키위 두 개를 계산하고 과도와 자리를 바로 내어드렸다. 키위를 깎는 것부터 뒷정리를 하는 것까지 5분 정도밖에 걸리지 않았다. 어느새 어르신과 정이 들었는지 나는 일찌감치 잘 익은 키위 두 개를 골라두고 오시기를 기다리게 되었다.

그런데 어느 날부턴가 어르신이 가게를 찾아오는 빈도가 줄어들었다. 하루에 한 번에서 이틀에 한 번, 일주일에 한 번으로 간격이 벌어지기 시작했다. 부쩍 가까워진 탓일까. 걱정이 되기 시작했다.

“어르신, 요즘은 왜 이렇게 잘 안 오세요, 어디 아프세요?”

언젠가 다시 방문하셨을 때, 나는 여쭤보았다.

“아냐, 안 아파. 그 딱지 붙은 키위가 아니면 셔서 잘 안 먹게 돼서 안 오는 거지. 나중에 딱지 붙은 거 다시 나오면 그때 사 먹을게."

키위에 붙어 있던 딱지라면 '제스프리(Zespri)'일 것이 분명했다. 생각해 보니 정말로 지금 나오는 키위에는 그 딱지가 없었다. 자주 오시지 않는 것이 건강에 문제가 있어서가 아니라는 사실에 안도했지만, 다른 걱정이 생겨 버렸다.

현재 키위는 뉴질랜드에서 가장 많이 생산된다. 연중 고른 공급을 위해 한국, 일본, 칠레, 중국, 미국 등 여러 나라의 농가와 협업하여 생산하는 것까지 포함하면, 뉴질랜드를 키위의 왕국이라고 불리는 것이 납득이 된다.

제스프리는 이런 뉴질랜드 내의 2,600여 개의 농가가 합심하여 만든 브랜드다. 키위 앞에 제스프리를 붙여 고유 명사처럼 부르는 것이 이제는 흔할 정도다. 나아가서는 제스프리 브랜드가 아니면 구매를 꺼리는 소비자까지 심심치 않게 만날 수 있다. 그 어르신처럼 말이다.

키위라는 이름은 뉴질랜드의 국조(國鳥) 키위새의 모습과 이름에서 비롯되었다. 그 때문에 뉴질랜드 본국에서도 그 의미가 남다르다. 하지만 우리나라 농부의 입장에서 제스프리 키위는 시기 아닌 시기의 대상이다. 제스프리의 명성이 높아지는 만큼 국내산 키위인 '참다래'의 어깨는 자꾸 움츠러들기 때문이다.

딱지 없는 키위는 맛이 없다던 어르신처럼 많은 소비자들이 참다래보다 제스프리가 더 맛있다고 오해한다. 오해라고 한 것은 국내산 키위도 제스프리 못지않은 맛과 품질을 가지고 있으며 다양한 품종이 있어서 취향에 따라 골라 먹을 수 있기 때문이다.

참다래는 우리나라에서 개발된 그린 키위와 골드 키위를 부르는 이름이다. 현재 우리나라에서 유통되는 참다래 품종은 그린 키위에는 '헤이워드(Hayward)', 골드 키위에는 '호트16에이(Hort16A)'와 '썬골드'가 대표적이다. 국산 그린 키위 60% 이상과 수입 그린 키위는 모두 헤이워드 품종이다. 이것들은 모두 뉴질랜드에서 개발된 품종이다.

잠깐, 뉴질랜드에서 개발된 종이라면 딱지가 붙지 않은 키위가 시다는 어르신의 말은 틀린 게 아닐까? 우선 그분의 입맛은 틀리지 않았다.

같은 품종의 과일일지라도 어느 땅에서 어떤 영양분을 먹고, 어떤 손길을 탔느냐에 따라 맛은 다채롭게 변하기 때문이다.

우리 땅에 심어진 헤이워드는 털은 더 빳빳하게, 과육은 더 단단하게, 신맛은 더 진하게 성장했다. 그래서 특별히 그 어르신뿐만 아니라 많은 소비자가 국내산과 수입산 키위를 구별할 수 있었다. 인지도는 월등히 높으면서 신맛은 덜한 제스프리 그린 키위에 더 많은 소비자가 몰리는 것은 당연했다.

다행이라고 해야 할지, 국산 참다래가 수확될 때 뉴질랜드 산 제스프리 키위의 수입량은 떨어진다. 우리나라에 수입되는 제스프리 키위 대부분이 본국인 뉴질랜드에서 생산되는데, 뉴질랜드에서의 공급 가능 기간이 5월에 11월까지이기 때문이다. 그래서 늦가을부터는 국산 그린 키위와 함께 제주도산 제스프리 골드 키위가 유통된다.

제스프리와 계약을 통해 정식 재배되고 있는 제주도 제스프리 골드 키위 품종에는 '호트16에이'와 '썬골드'가 있다. '호트16에이'는 과실의 머리 부분이 오리주둥이처럼 납작하게 튀어나온 것이 특징이다. '썬골드'는 머리와 밑동 모두 튀어나온 것 없이 둥글둥글해 헤이워드 키위와 비슷하게 생겼지만, 헤이워드랑 달리 털이 거의 없고 과피에는 은은한 금빛이 서려 있다.

이 외에도 국내에서 개발되어 보급된 그린 키위와 골드 키위가 다수 존재한다. 그린 키위 시장에서는 여전히 헤이워드가 강세지만, 당도는 높으면서 신맛이 덜한 '감록'이 최근 급부상하고 있다.

골드 키위의 상황은 좀 더 낫다. '감황', '제시골드', '한라골드', '해금', '골드러쉬' 등의 품종으로 제스프리의 골드 키위의 독점을 막고 있다. 수입산과 비교해도 손색없는 당도와 영양을 자랑해 브랜드 파워가 좀 더 커진다면 충분히 제스프리 키위를 상대할 수 있을 것이다.

아직은 '제스프리 딱지' 앞에 주눅이 들지만, 소비자들에게 참다래의 다양한 맛을 선보일 수 있다면 분명 우리 땅에서 자란 참다래가 더 사랑받는 날이 올 것이라고 믿는다. 아직은 제스프리의 맛과 경쟁력을 질투하면서 노력을 해 나가야 하겠지만.

당시 어르신의 말씀에 어떠한 설명도 못 해 드린 것이 못내 아쉽다. 만약 지금, 그런 손님을 만난다면 언젠간 위대해질 참다래에 관해 말씀드릴 수 있을 텐데!

언젠가 감록뿐만 아니라 국내 그린 키위 시장에 헤이워드를 뛰어넘는 맛을 가진 참다래가 다양하게 보급되면 그 어르신께 꼭 전해드리고 싶다. 분명 좋아하실 것이다.

땡감을 심어 기르다

홍시

새삼 홍시를 후숙하는 일이 또 하나의 작물을 기르는 일처럼 다가온다. 땡감이라는 씨앗이 박스라는 땅에 들어가 시간이라는 양분으로 성장해 홍시라는 결실을 맺는다는 점에서.

추석이 지난 직후에는 소비가 잠시 주춤한다. 대목을 타는 것이다. '대목'은 명절을 앞두고 장사가 활발한 때를 의미한다. 하지만 '대목을 탄다'라는 말은 명절 전후로 소비가 위축되어 장사가 안된다는 뜻이다.

과거에는 '명절 장사 한두 번으로 일 년을 살았다'는 전설 같은 이야기가 있을 정도로 대목 타는 것이 두렵지 않았던 시기가 있었다. 물론 선배들의 말이다. 내가 확실히 알고 있는 것은 현재는 대목 장사를 잘 마쳐도 명절 앞뒤로 대목을 타기 때문에 연중 매출로 봤을 때에는 거기서 거기라는 점이다. 그래서 일부 사장님들은 이렇게 말한다.

"차라리 대목 없이 꾸준히 팔렸으면 좋겠다. 이거

뭐 지루해서 살겠니."

그런데 과일은 조금 다르다. 생선가게, 정육점 사장님에게는 죄송한 말이지만, 과일은 추석이 지나도 파는 재미를 주는 품목이 있다. 바로 '홍시'다.

홍시는 사실 추석 전부터 서서히 시장에 모습을 드러내지만 명절 때문에 잠시 뒷전이 된다. 명절이 지나서야 홍시는 비로소 주인공이 된다. 이때가 바로 우리나라의 재래종 감이 일본 단감의 매출을 넘어서는 첫 번째 순간이다. 홍시는 말랭이와 곶감과 마찬가지로 떫은 감을 탈삽해 탄생시킨 결과물이다.

홍시를 이야기할 때 빠져서는 안 되는 것이 있는데 바로 '반시(盤柹)'다. 먼저 홍시의 별칭에는 연시, 반시, 연감 등이 있지만 특별히 구별하여 쓰지는 않는다. 결국은 말랑말랑한 연한 감을 뜻하는 것이기 때문이다. 그런데도 굳이 구별하자면 홍시의 홍은 붉은 홍(紅)을 쓰고 있어 붉은색의 연감을 가리킨다. 연시는 붉은색보다는 주황색에 가까운 감 정도를 칭한다고 생각하면 되겠다. 그러나 이 반시만큼은 반드시 구별해 써야 한다.

반시는 우리나라 홍시의 주산지인 경북 청도군의 홍시를 가리키는 말이다. 이곳의 홍시는 일명 '청도 반시'라 불리며, 지리적표시품(품질이 좋고 역사가 깊으며, 해당 지역에서 생산 또는 가공이 이루어지는 지역대표 농특산물)으로 등록되어 있는 특산품이다. 즉 반시로 부르기보다는 청도 반시라고 부르는 것이 정확한 표현이다. (밀양시에서도 '밀양 반시'라는 이름의 반시가 생산되고 있으나, 지리적표시품은 청도 반시만 등록되어 있음. 2020년 기준.)

반시는 소반 반(盤)에 감나무 시(柹)를 써서 납작한 쟁반 같은 감이라는 뜻이다. 반시는 씨가 없는 것으로 유명해 오래전부터 홍시를 만드는 데 안성맞춤인 품종으로 여겨졌다. 청도에서만 이러한 감이 생산된다는 것이 지리적표시품이 된 결정적 이유다. 청도 반시는 주로 암꽃만 맺는 나무에서 나는 품종이다. 또한 청도군 내에는 수꽃을 맺는 감나무가 거의 없어 자연 수정이 원래 잘 이루어지지 않는다. 태생적으로 씨 없는 감이 생길 수밖에 없는 구조를 취하고 있는 것이다.

홍시는 부드러운 과육을 한입 가득 머금었을 때 제대로 된 맛과 풍미를 느낄 수 있다. 특히 이 청도 반시는 높은 당도와 쫄깃한 과육에 씨까지 없으니 한입 가득 베어 물기에 더할 나위 없이 좋다. 그러나 이 맛을 즐기기 위해서는 기다림이 필요하다. 말랑말랑한 과실의 특성상 익힌 상태로 유통한다는 것은 불가능하기 때문이다. 따라서 산지에서는 홍시를 출하할 때 땡감 상태로 출하를 한다. 유통 과정에서 후숙이 되어 홍시가 되게끔 하는 것이다.

이를 가능하게 하는 것은 땡감을 담은 박스에 동봉된 에틸렌 가스 발생제 덕분이다. 참고로 이 가스는 인체에 무해하다. 밀봉된 박스 내에 서서히 가스가 돌면서 땡감이 익는데 이를 '가스 탈삽법'이라고 부른다. 기온에 따라 다르지만 통상 일주일 정도면 땡감이 홍시로 변한다.

이처럼 후숙이 필요한 만큼 오프라인과 온라인에서의 판매 방식에도 차이가 있다. 오프라인에서는 판매자가 기재된 밀봉 일자를 체크하고 홍시가 익은 정도를 확인하여 순서대로 소비자에게 판매한다. 판매자가 홍시의 익은 정도를 판단하여 우선 공급하기 때문에 소비자는 후숙의 불편함을 겪지 않고 즉시 먹을 수 있어 좋다. 하지만 온라인은 주문이 들어오면 통상 당일 작업한 땡감을 발송한다. 배송이라는 변수를 생각해서다. 특별한 일이 없다면 대체로 2~4일이면 상품을 받게 되는데, 정도의 차이는 있겠지만 감은 여전히 땡감에 가깝다. 따라서 판매자는 사전에 소비자에게 직접 후숙한 뒤에 섭취해야 한다는 것을 필히 안내한다.

새삼 홍시를 후숙하는 일이 또 하나의 작물을 기르는 일처럼 다가온다. 땡감이라는 씨앗이 박스라는 땅에 들어가 시간이라는 양분으로 성장해 홍시라는 결실을 본다는 점에서.

오프라인 장사를 하던 시절에는 내가 직접 가장 맛있는 순간의 홍시를 고객에게 전했지만, 온라인으로 전향한 뒤에는 그럴 수 없게 되어 어쩐지 아쉽고 죄송한 마음이 든다. 홍시를 즐길 때 가장 중요한 것이 타이밍이기 때문이다. 그래서 매년 가을이 되면 홍시를 구매해 주시는 분들께 홍시의 맛을 놓치지 않도록 거듭 말씀드리게 된다.

농사를 짓는다는 것

어느 가을밤이었다. 밤이 되면 공기가 제법 차가워져 아침에는 하얀 서리를 발견할 수 있었다. 떠오르는 이미지를 보아 입동을 코앞에 둔 10월 말에서 11월 초 즈음이 아니었을까 싶다.

당시 나는 작은 전자 수필집 한 권을 만들기 위해 여분의 시간에는 글쓰기에 몰두하고 있었다. 거기다 취재하던 농산물에 관한 글도 써야 해 시간이 부족했다. 결국 밤 시간을 이용해 글을 쓰기로 했다. 평소 밤보다는 낮에 글을 쓰는 편이다. 특별히 어떤 이유가 있는 것은 아니지만, 낮에 글 쓰는 것이 익숙해져서 밤에는 잘 쓰지 않게 되었다.

아무튼 그날 밤은 마감을 위해 조용한 분위기의 카페를 찾았다. 아메리카노와 쿠키를 먹으며 글을 쓰는 데 몰두했다. 두 시간 정도 지났을까? 드디어 초고가 완성되었고 그제야 나는 기지개를 켜며 창밖을 바라볼 여유가 생겼다. 창밖의 풍경을 감상하며 조금 쉬다가 천천히 자리를 정리하기 시작했다. 그때 누군가 나를 불렀다. 홀로 책을 읽던 한 남성이었다.

"저기, 잠깐 보니 홍시에 대한 글을 쓰시던데 신기한 마음에 말을 겁니다."

농산물에 대한 글에 흥미를 보이는 사람을, 정중한 말투로 접근해 온 사람을 나는 내칠 수 없었다. 잠시 그와 대화를 나누기로 마음먹었다.

그는 불혹을 코앞에 두었으며 가끔 책을 읽으러 이 카페에 온다고 자신을 소개했다. 그런 뒤 그는 내게 무슨 일을 하기에 홍시에 대한 글을 쓰는지 물었다.

"과일을 팔면서 글을 씁니다."

나의 말에 그는 더욱 신기하다는 표정을 지었다.

"그렇군요! 과일을 팔면서 글을 쓰는 사람이라, 신기하네요. 사실 저희 아버지가 감 농사를 짓고 계셔서 홍시라는 글자를 보고 괜히 관심이 생겨 말을 걸게 되었습니다."

그는 나에게서 친근감을 느꼈는지 고민을 털어놓기 시작했다.

일흔이 넘은 그의 아버지는 감 농사를 짓는 농부인데, 몇 해 전부터 농사일을 힘에 부쳐한다고 했다. 당신 스스로도 더이상 농사일을 감당하기에는 역부족이라고 느꼈는지 그의 아버지는 그에게 농사일을 이어받을 것을 제안했다.

그것이 바로 그의 고민이었다. 그의 말을 듣고 나자 처음 보는 내게 용기를 내어 말을 걸었던 그 마음을 조금은 이해할 수 있을 것 같았다. 감 농사를 고민하는 중에 홍시에 관해 쓰고 있는 나를 만났으니 귀인 같았을지도 모르겠다. 서로 간의 경계가 풀리자 대화는 더 깊이 있게 진행되었다.

그에게 있어 가장 큰 걱정은 현 직장을 버리고 가업을 선택할 만큼 농업에 대한 확신과 안정성이 없다는 점이었다. 하지만 그는 감 농사가 아버지에게 있어서 삶 그 자체임을 너무나 잘 알고 있기 때문에 고민이 된다고 했다. 거기다 다소 불안정한 직업을 가진 그의 입장에서는 더욱 고민이 깊었을 것이다.

나는 그의 고민을 들으며 감히 어떠한 조언도 할 수 없었다. 그저 경청과 약간의 추임새만이 내가 할 수 있는 최선이었다. 사실 그도 어떠한 해답을 얻고자 내게 자신의 이야기를 꺼낸 것도 아니었을 것이다. 가까운 사람에게는 하기 힘든 말도 오히려 처음 본 사람에게는 쉽게 할 수 있지 않은가. 그저 어딘가 털어놓을 곳이 필요했을 것이다. 우리는 대화를 마치고 간단한 인사를 나눈 뒤 다음 만남은 우연에 맡기기로 하며 헤어졌다.

확실히 현시대에 농부라는 직업을 선택한다는 건 큰 결단이 필요하다. 부모님 세대까지만 해도 농사로 제법 안정적인 수익을 얻을 수 있었다. 하지만 지금은 시대가 변한 만큼 다양한 직업이 생겼다.

물론 농업도 많은 부분이 바뀌었다. 과거보다 선진화된 농법과 기술, 스마트팜, 다양한 품종과 판로의 등장으로 농업 또한 여느 산업 못지않게 발전했고, 또 계속해서 그럴 것이다.

그러나 이 모든 발전은 인간의 영역에 한한 것이다. 미래는 어떨지 몰라도 지금은 여전히 자연이라는 거대한 변수가 존재한다.

과거보다 정형화된 방법으로 작물의 재배가 가능해졌어도 하늘과 땅에 농사의 성패를 맡기는 것은 변함이 없다. 수익, 농경 생활의 불편함, 노동의 강도 등 농사를 고민하게 하는 것은 많다. 하지만 이런 것들은 인력으로 해결할 수 있는 부분이다.

천심(天心)이 문제다.

천심은 불가항력의 영역이다. 현시대에 농업을 선택하는 데 가장 큰 망설임이 바로 여기에 있다. 화와 복이 연달아 올 수 있다는 사실, 대자연의 이치를 겸허하게 받아들이는 자세, 돈보다는 가치를 중심에 두는 태도 같은 것을 받아들일 수 있다면 농부로서의 삶을 감당할 수 있을지도 모르겠다.

나는 그와 다시는 만나지 못했지만, 그 카페에 갈 때면 이따금 그가 떠오른다.

그는 과연 농부의 삶을 선택했을까?

겨울

겨울의 시작을 기다리며

귤

여전히 제주에는 정성껏 귤 농사를 짓는 농부가 더 많다. 귤이 잘 익기를, 탐스러운 귤을 수확하는 날을, 그리하여 소비자에게 잘 전해지기를 바라는 농부가.

스물일곱 살 때 귤 농사를 짓는 한 농부를 취재하기 위해 제주도에 갔다. 생애 첫 제주도 방문이었기 때문에 나는 아직도 그날을 생생하게 기억한다. 비행기에 몸을 실은 순간부터 제주의 땅을 밟았던 순간, 모르는 이들과 한방을 써야 했던 게스트 하우스의 생활과 밤 풍경, 해변 산책 같은 것들도 좋았지만 무엇보다 제주의 귤밭을 본 것이 가장 인상적이었다.

공항에 도착한 시간은 저녁 여덟 시가 넘어서였다. 다음날에 있을 미팅을 위해 여유 있게 하루 전에 간 것이다. 농장은 내가 묵는 게스트 하우스에서 차로 2시간 정도 떨어진 곳에 있어 일찍 잠을 청했다. 하지만 설렘과 긴장감으로 잠을 조금 설쳤다. 다행히 미팅 당일에 날씨가 좋아 금세 컨디션이 좋아졌다. 나는 채비를 서둘러 농장으로 향했다. 몇 시간 후 귤밭에 도착했다. 귤밭 초입에서 노란색 플라스틱 상자에 가득 담긴 귤을 옮기던 농부와 눈이 마주쳤다.

"안녕하세요. 딱 맞춰 오셨네요. 잠시만요, 이것만 놓고 둘러보며 이야기하시죠."

그는 나에게 양해를 구한 뒤 부랴부랴 귤을 옮기고 돌아왔다. 나는 그를 따라 드넓은 귤밭으로 갔다. 11월 중순이었지만 햇볕이 제법 뜨거웠다. 귤밭에서는 어머님들이 분주하게 귤을 수확하고 있었다. 귤은 이미 등색으로 곱게 익어있었다.

가을부터 시작되는 초록빛 서린 감귤은 '극조생귤'로, 하우스가 아닌 노지에서 처음 수확되는 햇귤을 일컫는다. 극조생귤이 약 2~3개월간 이어지다가 10월 말에서 11월 초가 되면 본격적인 '조생귤' 재배에 들어간다. 우리에게 가장 친숙한 귤의 모습을 갖춘 것은 바로 조생귤부터다. 참고로 극조생과 조생이라고 하여 품종이 다른 것은 아니다. 우리나라 감귤의 대표 품종인 '온주밀감'을 수확 시기에 따라 구분 짓는 명칭일 뿐이다.

극조생귤은 가장 이른 시기에 따는 귤인 만큼 확실히 더 오래 익은 조생귤과 비교해 맛이 덜한 것은 사실이다. 그러나 조생귤과 비교해서 그렇다는 것이지 극조생귤 자체만을 놓고 보면 맛이 없는 귤은 아니다. 유통 가능한 기준을 통과한 정식 출하 상품이니 말이다. 극조생귤이 출하되기 위해서는 착색이 50% 이상, 당도는 8Brix 이상이 되어야 한다. 8Brix는 결코 낮은 수치가 아니다. 물론 요즘에는 워낙 높은 당도의 다양한 과일이 출시되다 보니 고당도 과일에 익숙해진 소비자에게는 다소 아쉬울 수도 있겠다. 그러나 새콤달콤한 과일을 좋아하는 사람이라면 신맛과 단맛이 조화로운 극조생귤에 만족할 것이다.

본격적인 귤 판매가 시작되면 '귤이 시다', '귤이 덜 달다', '귤이 덜 익었다'는 등의 클레임을 심심치 않게 듣는다. 이러한 클레임은 앞서 말한 극조생귤의 특징 탓인지 거의 극조생귤 판매 시기에 집중되어 있다.

조생귤 수확이 궤도에 오르는 초겨울부터는 이러한 불만을 듣는 일이 거의 없다. 그래서 극조생귤을 판매할 때는 충분히 설명해 드리지만, 순수하게 지난겨울에 먹던 귤맛을 기대하는 소비자는 불만스러울 수밖에 없을 것이다. 또 일부 농가와 유통업자가 기준 미달의 비품(非品)을 출하하는 경우가 있어 문제는 더 심각하다.

감귤은 제주의 특산품이니만큼 최대한 양질의 귤이 출하되도록 제주시에서 특별 관리한다. 그럼에도 불구하고 일부 농가와 유통 업체가 매년 비품을 무단으로 출하한다. 적발 사례도 꾸준히 늘고 있다. 빠른 시장 점유로 최대의 수익을 내려는 욕심이 소비자들을 실망시키게 되는 것이다.

한번 실망한 소비자를 되돌리기란 몹시 어려운 일이다. 이런 사례가 계속 늘어나면 최악의 경우에는 제주의 귤 산업 자체가 흔들릴 수 있다.

"며칠 동안 그렇게 비가 내리더니 오늘은 다행히 날이 좋네요. 생각해보면 귤을 따는 날이면 이렇게 날씨가 좋아요. 우연인지 하늘이 돕는 것인지는 모르겠지만 맛있게 잘 자란 귤을 수확할 수 있어 좋네요. 고객님들도 좋아하시겠지요."

현실적인 여러 문제에도 불구하고 귤밭을 거니는 농부의 얼굴에는 밝은 기운이 가득했다.

우리의 인터뷰가 진행되는 동안에도 어머님들은 노련한 손길로 나무에 달린 귤을 바구니로 옮겨 담았다. 자연이 익힌 귤을 정성스럽게 따는 손길들. 좋은 날씨가 마치 올해의 귤 농사를 응원하는 것 같았다.

앞서 기준을 어기는 농가와 업체들이 있다는 이야기를 했지만, 여전히 제주에는 정성껏 귤 농사를 짓는 농부가 더 많다. 귤이 잘 익기를, 탐스러운 귤을 수확하는 날을, 그리하여 소비자에게 잘 전해지기를 바라는 농부가.

극조생귤에서 조생귤까지. 귤은 기다림으로 완성되는 과일이다. 그런 기다림과 여러 사람의 손길과 수고 덕분에 매년 겨울 우리는 따뜻한 방에서 귤을 먹는 즐거움 누릴 수 있다.

겨울밤을 물들이다

유자

겨울이면 유자 덕에 어린 시절의 추억을 떠올리며 할머니가 전해준 온기와 사랑을 되새길 수 있다. 그리고 추운 겨울밤, 유자차 한 잔을 마시며 빌어본다. 노랗게 우러나는 유자의 색처럼 할머니의 흐린 기억에도 환한 빛이 들기를.

가을에서 겨울로 넘어가는 때가 되면 나는 꼭 감기를 앓는다. 으슬으슬한 기운이 느껴지면 뜨끈한 방에서 따뜻한 유자차를 마시고 푹 쉬고는 한다. 그건 어릴 때 할머니께 배웠다.

할머니의 집은 지은 지 오래된 탓에 겨울이면 한기가 벽을 뚫고 집안으로 스몄다. 난방으로도 해결되지 않는 웃풍에 어린 나는 자다가도 몇 번씩 추위에 잠이 깨곤 했다. 그럴 때마다 할머니가 내게 주신 것이 바로 유자차였다. 어린 내가 감기로 훌쩍일 때마다 할머니는 양약보다는 손수 만든 유자차를 건네주셨다.

어릴 때는 유자라는 과일의 생김새도, 청을 만드는 수고도 모른 채 유자차의 달콤함을 즐긴 것 같다. 그런 기억 때문인지 커서도 감기 기운이 있으면 유자차를 찾게 된다. 하지만 바쁜 일터에서는 그마저도 어려워 분주하게 몸을 움직이는 것으로 대신하곤 했다.

오프라인 장사를 시작하고 첫 겨울을 맞았던 때였다. 그때 유자의 실물을 처음 제대로 보았다. 오픈 준비가 어느 정도 마무리되었을 때 과일을 실은 사장님의 트럭이 가게 앞에 도착했다. 나는 여느 때처럼 화물칸을 열고 하역을 시작했다. 귤과 포도, 홍시, 바나나, 참다래 등 늘 보던 상품부터 차에서 내렸다. 사장님도 일손을 돕기 위해 매장 안에서 빨간색 코팅 장갑을 갖고 나왔다. 그리고는 짐을 내리기에 앞서 나에게 한 가지 주문을 했다.

"안쪽에 하얀 박스가 있을 거야. 오늘 처음 가져온 유자니까, 그거부터 먼저 내려서 진열하자."

사장님의 목소리를 따라 화물칸 구석으로 가보니 하얀 박스가 있었다. 겉면에는 '고흥 유자'라는 이름과 함께 유자로 보이는 그림이 그려져 있었다. 사장님의 주문대로 나는 다섯 개의 유자 박스를 먼저 차에서 내려 매장으로 가져갔다. 유자를 실물로 처음 보게 된 만큼 나는 궁금함과 기대감에 사로잡혔다.

"처음 보는구나!"

나의 기대감이 얼굴에 다 드러난 것인지 사장님은 옅은 미소를 지으며 말했다.

박스를 안에는 주먹만 한 크기의 연노란색의 유자 수십 개가 담겨 있었다. 유자의 외형을 살피기도 전에 새콤달콤한 유자 향이 먼저 콧속을 파고들었다. 당연한 이야기겠지만 유자차의 향과 닮아 있었다.

왜 내가 그때서야 유자의 실물을 본 것일까 생각해 보면 아마도 그 맛에 이유가 있는 듯하다. 유자는 신맛으로 유명한 레몬과 비교해도 뒤지지 않을 만큼 신맛이 강한 과일이다.

레몬의 활용 범위를 생각해보자. 레몬도 생식보다

는 청을 만들거나 요리에 가미하는 게 대부분인데 그보다 더 신맛이 강하다면 당연히 생식을 위해 찾는 고객은 더 적을 것이다. 거기다 유자를 청이나 요리용으로 쓴다고 해도 연중 내내 만날 수 있는 레몬과는 달리 10월 말에서 최대 12월까지만 시장에서 만날 수 있다 보니 더 접하기가 어려웠을 터다.

유자청을 담기 위해 유자를 구매하기로 마음먹고 기다리는 소비자들은 거의 프로에 가깝게 유자를 살핀다. 며칠을 관망하다가 유자의 향과 크기, 신선도 등을 살펴 최적의 유자가 나오면 그때서야 구매를 한다. 마치 봄에 매실청을 위해 매실을 고르는 고객들과 비슷한 모습이다. 그런 고객의 예민함을 아는 장사꾼은 11월 중순 이전에 유자를 판매할 때에는 상대적으로 소량만 입고시켜 판매하거나 판매 자체를 유보한다. 우리 가게는 후자를 택했다.

"오랫동안 과일 장사를 해보니, 최소 11월 중순은 지나야 유자의 맛이 더 좋더구나. 고객들도 그때 많이 구입하고. 요즘은 젊은 사람들도 호기심에 구매해 청을 담그지만, 어머님들과 할머님들의 구매량을 따라가지는 못해. 그리고 오래 청을 담가본 분들은 적정 숙기를 보낸 유자가 훨씬 단맛과 향이 좋다는 걸 알기 때문에 훨씬 신중하게 고르셔. 한 번 만들어서 일 년을 먹으니 당연하지."

사장님은 바구니에 유자를 1~2kg씩 담아 진열하시면서 초보 장사꾼인 나에게 유자에 관한 노하우를 들려주셨다. 일부 농가와 유통업체가 더 많은 이익을 취하기 위해 이른 시기에 출하를 하기도 한다. 그러나 나는 사장님의 말씀 덕분에 적기가 아닌 때에 등장하는 유자에 욕심을 내려놓는 여유를 배울 수 있었다. 사장님의 그런 태도 덕분인지 가게에는 유자 단골손님이 제법 되었다.

"이 집 유자가 이제야 나왔네. 기다린 보람이 있어. 5kg만 줘요."

한 어르신이 익숙하게 유자를 주문했다. 사장님은 자주 오시는 할머님이라고 나에게 귀띔해 주었다. 나는 사장님을 대신해 2kg짜리 두 바구니와 1kg짜리 한 바구니를 봉지에 담아 장바구니에 넣어드렸다. 할머님은 아침 일찍 나온 덕에 싱싱한 유자를 얻었다며 고맙다는 말씀을 하셨다. 나는 돌아가는 그분의 뒷모습을 보고 불현듯 나의 할머니가 떠올랐다.

두꺼운 솜이불을 덮고도 추위에 떨어야 했던 때. 감기에 걸린 어린 손자를 위해 따뜻하고 향긋한 유자차를 건네던 할머니가 그리워졌다.

할머니는 언젠가부터 유자청을 만드는 빈도를 줄이셨다. 처음에는 체력 때문이었다. 할아버지가 돌아가신 뒤 몸이 빠른 속도로 쇠약해져 간 탓이었다. 그러더니 어느 해부터는 기억도 희미해지기 시작했다. 희려지는 기억은 유자청을 담그는 겨울의 일도 잊게 했고 나도 자연스레 유자의 기억을 잊게 되었다.

지금 할머니의 기억은 그 예전보다 훨씬 더 흐려졌다. 이따금 켜지던 기억의 등도 완전히 꺼지고 말았다. 아흔을 바라보는 할머니의 기억은 닳고 있다. 마치 기억을 연료 삼아 여생을 보내시는 듯하다.

나는 겨울이면 유자 덕에 어린 시절의 추억을 떠올리며 할머니가 전해준 온기와 사랑을 되새길 수 있다. 그리고 추운 겨울밤, 유자차 한 잔을 마시며 빌어본다. 노랗게 우러나는 유자의 색처럼 할머니의 흐린 기억에도 환한 빛이 들기를.

한라산 봉우리를 열면

한라봉

자고로 영원한 것은 없고, 지는 해가 있으면 뜨는 해가 있는 것이 세상의 이치이니 자연스러운 흐름이라고 볼 수 있다. 그러나 문제는 현재의 한라봉은 사람들에게 덜 달고 신 과일이라는 이미지로 낙인이 찍혀 있다는 점이다.

"천혜향 두 박스, 레드향 한 박스 주문할게요."

2018년 설날을 앞둔 어느 날 한 통의 전화를 받았다. 며칠 전 천혜향을 구매한 고객이었다. 다녀간 지 얼마 안 된 때라 쉽게 그 고객을 떠올릴 수 있었다.

그 고객은 자기 가족들이 모두 만감류(晩柑類, 수확 시기가 늦은 감귤류)를 좋아한다며 지난번에 사간 천혜향이 맛있어 명절에 부모님께 드릴 선물도 나에게서 구매하겠다고 했다. 고객은 명절에 고향에 갈 수 없어 선물을 보내려고 하니 좋은 상품으로 부탁한다는 당부의 말도 덧붙였다.

"한라봉도 같이 선물할까 했지만, 전에 다른 곳에서 구매해 먹어 보니 시어서 천혜향이랑 레드향으로 주문합니다. 맛있는 것으로 잘 보내주세요."

주문해 주신 고객에 대한 감사한 마음과는 별개로 전화를 끊고 난 후, '한라봉은 시어서'라는 말이 귓가에 맴돌았다.

실제로 명절 주문들을 살펴보면 곶감과 사과, 배, 감귤에 이어 만감류가 판매량의 대부분을 차지한다. 그리고 만감류 중에서는 레드향과 천혜향이 가장 인기가 좋았고 한라봉은 꼴등이었다. 한편 천혜향이 레드향보다 가격이 저렴해 선물용으로 더 많이 나갔다.

그럼 한라봉 판매가 저조한 것이 가격 때문이라고 생각할 수 있으나 사실은 그렇지 않다. 한라봉이 천혜향보다 더 저렴함에도 판매가 저조하다. 이런 현상은 설은 물론 겨우내 이어진다.

한라산의 봉우리를 닮았다고 이름 붙여진 과일 '한라봉'. 제주의 첫 번째 만감류인 한라봉에 잘 어울리는 이름이다. 현재의 한라봉은 1990년대에 일본에서 들어왔다. 당시에는 '데코폰'이라는 상표명과 '부지화'라는 품종명을 혼용하여 사용했던 터라 농가와 유통

업자, 소비자 사이에 혼선이 잦았다. 그러다 1990년대 중후반에 한라산의 봉우리를 닮았다고 하여 '한라봉'이라는 이름을 갖게 되었다. 2015년에는 지리적표시품으로 등록되어 제주의 전유물로 그 명성의 정점을 찍었다. 그야말로 탄탄대로를 걸어온 과일이 한라봉이다. 하지만 지금은 천혜향과 레드향, 황금향, 진지향 등 수많은 만감류와의 경쟁으로 입지가 약해졌다.

자고로 영원한 것은 없고, 지는 해가 있으면 뜨는 해가 있는 것이 세상의 이치이니 자연스러운 흐름이라고 볼 수 있다. 그러나 문제는 한라봉이 사람들에게 덜 달고 신 과일이라는 이미지로 낙인이 찍혀 있다는 점이다. 언뜻 비품 극조생귤을 떠올리게 하는 대목이다.

한라봉이라는 작물을 떠올려 보자. 인지하지 못했을 수도 있지만, 한라봉은 빠르면 12월부터도 시장에서 볼 수 있다. 추워지는 날씨와 함께 보이기 시작해 이듬해 봄 중반까지 시장에서 자리를 지키다 사라진다.

이 때문에 연말 즈음이 한라봉의 제철이라고 생각하는 사람도 있다. 그러나 12월은 한라봉이 출하되기에는 굉장히 이른 시기다. 만감류인 한라봉은 완전히 익어 산미가 빠지는 연초가 제철이다. 그해 작황에 따라 편차가 있지만, 통상 1월은 지나서 수확해야 본격적인 한라봉의 맛을 느낄 수 있다.

그렇다면 굳이 한라봉을 빨리 수확하고 출하하는 이유는 무엇일까? 빠른 시장 선점을 위한 것도 있겠지만, 설날이 결정적 이유라고 본다. 설에는 과일 선물을 할 때 선택지가 다양하지 않다. 사과와 배는 추석에 많이 선물하기 때문에 사람들은 설에는 다른 품목을 선택하려는 경향이 있다. 그때 만감류는 최선의 선택이 된다. 그렇다 보니 대목을 노리는 상인들이 미리 한라봉을 사입해 두었다가 설 선물을 준비하는 시기에 맞춰 판매를 하게 되는 것이다.

소비자의 입장에서는 출하 초기에 비싼 값을 주고 한라봉을 구매했는데 맛이 없으니 점차 한라봉 구매를 꺼리게 된다. 그것이 반복되면 한라봉에 실망하게 되고 맛이 없는 과일로 낙인까지 찍게 된다. 거기다 천혜향과 레드향 등 한라봉을 대체할 상품까지 있으니 굳이 한라봉을 구매할 이유도 없다. 물론 천혜향과 레드향도 적정 출하 시기보다 이르게 나오는 경우가 있다. 하지만 조기 출하로 산미가 더 도드라지는 과일이 한라봉이기 때문에 그 피해도 더 큰 것이다.

내게 전화를 해 천혜향과 레드향을 주문했던 고객만 보아도 예삿일이 아님을 알 수 있다. 고민 끝에 나는 내가 할 수 있는 일을 하기로 했다.

"따님께서 보내시는 선물입니다. 아울러 작은 박스에 담긴 한라봉은 저의 작은 성의입니다. 한라봉도 사랑해 주시길 바라는 작은 희망을 담아 보냅니다."

나는 고객이 구매한 품목 외에 한라봉도 조금 넣어 쪽지와 함께 보냈다. 얼마 후 고객을 통해 부모님께서 한라봉도 맛있게 드셨다는 이야기를 전해 들었다.

실망감이 쌓여 한라봉을 외면하는 소비자가 많아지는 것이 아쉽다. 부디 다음 겨울에는 적기의 한라봉을 드셔보시길. 한라산을 닮은 봉우리를 뜯어야만 알 수 있는 달콤하고 상큼한 향과 맛을 꼭 즐겨보시길 바란다.

시간으로 빚은 정성

곶감

어릴 때 나는 곶감이 그저 생기는 것인 줄 알았다. 그러나 나이가 들어가면서 무엇이든 저절로 되는 것은 없다는 걸 깨달았다. 곶감도 사람도 제대로 잘 익는 데에는 시간과 정성이 필요하다는 것을 알게 된 것이다.

풍요로운 가을이 지나가고, 낮이 밤보다 짧아지고, 선선하던 바람이 매서워지는 겨울이 되면 노지의 생명들은 활동을 멈춘다. 가을에 수확한 사과와 배, 단감은 일찍이 저장에 들어간다. 물론 비닐하우스 안에서는 여전히 몇몇 작물들이 계절을 모른 채 자라고 있지만. 그러나 저장이 아닌 또 다른 방식으로 겨울을 나는 것이 있었으니 바로 감이다.

곶감과 홍시 모두 떫은 감이 단맛을 내는 감으로 변했다는 점에서는 똑같지만, 그 과정과 결과는 완전히 다르다. 앞서 홍시 이야기에서 언급했듯, 홍시는 밀폐된 상태에서 가스나 알코올을 넣어 만들지만 곶감은 반대로 오픈된 환경에서 만들어진다.

보통은 늦가을에서 겨울로 넘어가는 때에 곶감 작업을 하는 것이 일반적이며 곶감을 만드는 작업은 생각보다 어렵지 않다.

먼저 곶감을 만드는 데에는 '둥시'와 '갑주백목'이라는 품종이 가장 많이 사용된다. 지역에 따라 '단성시', '월하시' 등의 고유 품종도 사용된다.

선별된 감은 껍질을 깎아 여러 개를 일정한 간격으로 줄에 꿰어 둔다. 감이 바람을 고루 맞게 하기 위함이다. 마지막으로 통풍이 잘되고 습기가 적은 곳에 감을 걸어 두면 사람의 역할은 끝난다.

이후에는 자연과 시간이 감을 곶감으로 빚기 시작한다. 시간이 지남에 따라 감은 서서히 말라가며 주름이 지고 안팎은 짙은 갈색으로 변한다.

그렇게 마른 곶감은 건조된 정도에 따라 '반건시'와 '건시'로 구별된다. 20일 정도를 말려 수분 함량이 45~50% 정도가 된 곶감은 '반건시', 30일 이상 말려 수분 함량이 35% 미만이 된 곶감을 '건시'라 부른다.

특히 건시의 경우 건조가 끝날 무렵이 되면 신비로운 모습이 된다. 표면에 백분(白粉)이 생기기 때문이다. 이 하얀 가루는 과당과 포도당이 주성분이며 감의 단 성분이 공기와 접촉하면서 하얗게 맺힌 것이다. 겨울에 이렇게 변한 곶감을 보면 마치 눈을 맞은 듯 아름답다. 그래서 백분은 시설(柹雪)이라고도 불린다. 참고로 백분은 발생하지 않거나 약간 발생한 것이 좋다.

이렇듯 곶감은 만드는 과정이 어렵지 않다 보니 예로부터 겨울철 간식으로 인기가 많았다. 사탕이나 젤리가 없던 시절에는 곶감만큼 단 것을 찾기 어려웠기 때문에 어린이들에게 특히 인기 만점이었다. 울다가도 곶감을 준다고 하면 울음을 뚝 그쳤다는 이야기도 있지 않은가.

나 역시 어릴 적 맛본 곶감을 잊지 못해 지금도 겨울이면 반건시 한두 팩은 꼭 먹으니 과거에는 오죽했을까 싶다. 그러나 개인적인 취향과는 별개로 온라인 판매를 시작하고는 곶감을 판매하는 일에 적극적으로 매달리지 않았다.

명절에만 바짝 인기가 있다가 금방 식어버리기 때문이다. 그렇다 보니 귤과 딸기, 사과 등 평상시에 잘 나가는 과일들의 판매에 집중하는 것이 수익적인 측면에서는 훨씬 효율적이다. 거기다 인터넷 구매가 익숙하지 않은 어르신들이 곶감의 주 소비층이라는 점까지 고려하면 당연한 선택일 것이다. 그런데 생각해 보니 오프라인 장사를 할 때도 곶감을 많이 팔아 본 적은 없는 것 같다.

맛도 좋고 보관까지 용이해 단점이라고는 없어보이는 곶감인데 판매가 저조한 것은 왜일까?

곶감은 홍시처럼 금방 만들어지는 상품이 아니다. 위에서 말한 것처럼 오랜 기간을 말리면서 수시로 살펴야만 하는 과일이다. 곶감이 요구하는 시간의 길이만큼 가격이 오르는 것은 당연하다. 가격이 비싸다보니 곶감 마니아 외에는 선물용으로만 구매하는 게 대부분이다. 요즘은 저렴한 수입 곶감도 많지만, 국내산이 아니니 논외로 하자.

또 거무스름하고 주름진 과육이 귤, 딸기 등의 예쁜 과일과 대비되어 보여 젊은이들의 선택을 많이 받지 못하는 것도 한 가지 이유일 것이다.

하지만 곶감은 들인 시간만큼 깊은 맛이 있다. 여

타 햇과일이 낼 수 없는 농후한 맛이다. 마치 장인처럼. 평생 갖은 시련과 고난을 이겨낸 장인의 손은 투박하고 주름져 있지만, 그 손이 만들어 낸 결과물은 군더더기가 없고 완벽에 가깝지 않은가.

어릴 때 나는 곶감이 그저 생기는 것인 줄 알았다. 그러나 나이가 들어가면서 무엇이든 저절로 되는 것은 없다는 걸 깨달았다. 곶감도 사람도 제대로 잘 익는 데에는 시간과 정성이 필요하다는 것을 알게 된 것이다.

지금은 모든 것이 빠르게 변하는 세상이다. 그렇지만 잊어서는 안 되는, 가르치지 않으면 안 되는 것이 있다. 바로 시간을 들인 만큼 성장한다는 이치다.

차가운 겨울을 보내면서 곶감을 한 입 베어 먹는 일은 어쩌면 시간과 정성을 들인다는 것이 어떤 의미인지 몸으로 배우는 것인지도 모르겠다.

제철, 그리고 사철

기다림은 설렘을 동반한다. 애정이 깊을수록 기다리는 동안 생겨나는 설렘과 애틋함은 더욱 커진다. 어떤 이는 연인 관계를 유지하는 원동력 중 하나가 기다림이라고 말한다. 기다림이 없는 관계는 설렘과 애정이 쌓이는 틈을 주지 않기 때문에 깨어지기 쉽다는 것이 그 이유다. 물론 모든 관계에 적용되는 것은 아니다.

농산물과 사람의 관계에서도 이 가설은 제법 의미가 있다. 시설 재배가 보편화되기 전에는 과일을 각 작물이 태어

나는 '제철'에만 맛볼 수 있었다. 벚꽃의 분홍이 스민 딸기, 태양의 열기로 노랗게 익길 기다리던 여름의 참외, 가을 석양에 뛰어든 것 같은 붉은 사과와 황금빛 배, 하얀 겨울 풍경 속에서 한줌의 온기 같은 귤까지. 그러나 이제는 온갖 제철 과일이 사철 과일이 되었다. 겨울에도 딸기를, 여름에도 귤을 맛볼 수 있게 되었고, 이제 '제철'이라는 말은 '저렴해지는 때'라는 뜻으로 그 의미가 격하되었다.

기다림은 때때로 고달픔을 동반하기도 하지만, 기다리는 일이 사라지고 보니 그것은 그것대로 아쉽다. 오랜 기다림 끝에 마주하는 재회의 달콤함, 새 계절을 기다리는 기쁨을 더는 느낄 수 없으니 말이다.